60세부터 인생을 즐기기 위해 중요한 것

60세부터 인생을 즐기기 위해 중요한 것

쇼콜라 지음 ㅣ 강수연 옮김

시그마북스
Sigma Books

60세부터 인생을 즐기기 위해 중요한 것

발행일 2021년 9월 10일 초판 1쇄 발행
지은이 쇼콜라
옮긴이 강수연
발행인 강학경
발행처 시그마북스
마케팅 정제용
에디터 장민정, 최윤정, 최연정
디자인 김문배, 강경희

등록번호 제10-965호
주소 서울특별시 영등포구 양평로 22길 21 선유도코오롱디지털타워 A402호
전자우편 sigmabooks@spress.co.kr
홈페이지 http://www.sigmabooks.co.kr
전화 (02) 2062-5288~9
팩시밀리 (02) 323-4197
ISBN 979-11-91307-71-9 (03830)

* 시그마북스는 ㈜시그마프레스의 자매회사로 일반 단행본 전문 출판사입니다.

당신이 원하는 모습이 되기에 너무 늦은 때란 없다.

- 조지 엘리엇

시작하며

안녕하세요. 쇼콜라라고 합니다.

2월에 생일을 맞으면 65세가 됩니다.

방 하나짜리 아파트에서 혼자 살고 있습니다.

40대에 이혼한 남편과의 사이에 아들이 두 명 있습니다.

일주일에 나흘 파트타임 일을 합니다.

지극히 평범한 제가 왜 이 책을 쓰게 되었냐고요?

2016년 크리스마스에 시작한 블로그(lee3900777.muragon.com)

가 계기가 되었습니다.

잘 쓰고 있던 냉장고가 망가져 새로 사게 된 경위를 쓴 것이

그 시작이었죠.

'60대 혼자 살기-소중히 하고 싶은 것'이라는 블로그명을 달고 그때부터 매일 조금씩 제가 생활하는 모습을 올리게 되었습니다.

주변의 소소한 것들에 대한 글이었는데, 이 블로그에 흥미를 보인 출판사가 있어서 2019년에 『나이 들어도 스타일 나게 살고 싶다』라는 책을 출간하게 되었습니다.

책이 출간된 뒤 독자로부터 많은 감상평을 받았습니다.
"자유롭고 편안해 보이는 생활이 부럽다", "쇼콜라 씨 같은 60세가 되고 싶다"고 좋은 말을 써주신 분이 많았습니다.
또 "어떻게 하면 쇼콜라 씨처럼 살 수 있나요?"라는 질문도 많이 받았습니다.

어떻게 하면 잘 살 수 있을까요? 그 답은 매우 간단합니다.
'어떻게든 되겠지'라며 운에 맡기지 않고, 내 손으로 '어떻게든 해야지'라고 의식을 바꾸는 것부터 시작하면 됩니다.

돌이켜보면 괴로울 때도 힘들 때도 있었지만, 혼자가 되고부터 조금씩 생활을 점검해온 덕분에 앞으로의 연금 생활을 기대하며 맞이할 수 있을 듯합니다.

소소하지만 충분히 만족스럽고 자유로운 생활을 하기 위해 어떤 준비와 각오를 해왔는지, 이 책에서 그 이야기를 하고자 합니다.
일, 인간관계, 예산 안에서 살림 꾸리기, 패션과 인테리어에도 나름의 경험과 아이디어가 있습니다. 하지만 뭔가 특별한 것이 있는 것은 아닙니다.

제가 늘 스스로에게 묻는 세 가지 질문이 있습니다. '내 분수에 맞는가?', '무리하는 것은 아닌가?', '좋아하는 것인가?'입니다.

이 책을 다 읽고 책장을 덮을 때 '나이를 먹어도 나쁘지 않구나. 65세가 기다려진다'고 생각해주시면 더없이 기쁠 것입니다.

차례

제5장   생활 속 작은 지혜와 아이디어

제6장   좋은 인간관계가 행복을 불러온다

제 7 장   앞으로가 더 기대되는 삶

제1장

일이 있어 다행이었다

대단한 경력을 쌓으려는 생각은 없었지만, 결혼하고 집에 들
어앉으니 어서 밖으로 나가고 싶다는 마음이 커져서 파트타
임으로 일을 하기 시작했다.

고등학교 졸업 후 취직, 결혼,
연년생 육아로 이어지는 나날들

고등학교를 졸업하고 처음 근무한 곳은 부동산 관련 회사였다. 일반 사무를 보고 차를 끓여 접대하는 일을 했는데, 자격증을 따서 승진하거나 좋은 조건으로 이직하기 위한 경력 관리와는 거리가 먼 일이었다.

　나는 일이 끝나면 고등학교 친구들을 만나 요코하마역 지하상가에서 쇼핑을 하고 저녁을 먹곤 했다. 부모님과 함께 살았기 때문에 월급에서 매달 어머니에게 드리는 30만 원을 제외하고는 전부 내 용돈으로 썼다. 먹고 여행하고 쇼핑하는 데 아낌이 없었다. '앞날을 위해 저금해야겠다'는 생각은 전혀

하지 않았다. 정말 만사태평이었던 것이다.

이윽고 남편이 될 사람을 만나 24세에 결혼했다. 비슷한 시기에 주위 친구들도 차례로 결혼했는데, 당시에는 그 나이가 결혼 적령기였다. 결혼하면서 일을 그만두고 전업주부가 된 것도 1980년대 초에는 당연한 분위기였던 것으로 기억한다.

결혼해서 바로 큰아들을 임신했고 그 뒤로는 성난 파도처럼 밀어닥치는 육아의 나날이 시작되었다. 연년생으로 작은아들이 태어나면서 손이 많이 가는 남자아이들을 돌보며, 슈퍼마켓과 공원, 집을 빙빙 도는 나날이 반복되었다.

육아는 힘들었지만, 아이들은 정말 귀여웠다. 당시 20대였던 나는 체력도 있었고, 아이들을 돌보는 데 여념이 없었다. 지금 돌아보면 둘도 없이 소중한 시간이었다.

그 시절에는 편하게 움직일 수 있고 더러워져도 괜찮은 치마바지와 추리닝을 가장 많이 입었다. 결혼 전에는 멋 내는 것을 너무 좋아해 패션몰에서 일한 적도 있고, 일하는 틈틈이 시찰을 겸해 가게를 둘러보고는 '다음에는 저 코트를 사야지' 하고 눈독을 들일 정도였지만, 아이들을 키울 때는 멋을 부릴 처지가 아니었다.

두 아이가 막 초등학생이 되었을 무렵, 나는 일을 해야겠다고 결심했다.

큰아들이 초등학교에 입학할 무렵부터 연년생인 작은아들이 학교에 가면 밖으로 나가 일을 하기로 결심했다. 남편에게서 나름의 생활비는 받고 있었지만, 자유롭게 쓸 돈이 필요했기 때문이다. 내 돈이 없으면 왠지 불안한 데다, 남편 눈치를 보지 않고 쇼핑하고 싶다는 생각이 점점 커졌다.

작은아들이 초등학생이 된 뒤
파트타임 일을 시작하다

일하려는 생각은 했지만, 아이들이 유치원에 다니는 동안에는 육아를 최우선으로 하고 싶었다. 그래도 취직 준비 삼아 친구들에게 상담하거나 신문의 구인란을 열심히 확인했다.

마침 안약으로 유명한 전통 있는 제약회사에서 거래처로 출근했다가 담당 구역을 돌고 바로 귀가하는 파트타이머 영업 스태프를 모집했다. 얽매이는 시간도 짧고 정해진 거래처를 돌면 되는 일이어서 응모를 했더니 운 좋게 채용되었다.

당시 시댁에서 자영업을 하는 시아버님과 함께 살고 있었는데, 아이들이 학교에서 돌아와도 집에 돌봐줄 어른이 있는 환경이었던 덕분에 망설임 없이 파트타임 일을 시작할 수 있었는지도 모른다.

나는 고등학생 때부터 원하는 것이 있으면 아르바이트를 해서 스스로 샀다.

공부를 좋아하지도 않는데 대학에 가서 부모님에게 부담을 주는 것보다는 일을 해서 돈을 벌고 싶었기 때문에 고등학교를 졸업하고 바로 취직했다.

결혼 후 8년간의 공백을 거쳐 다시 일하게 되었을 때, 막 취직했을 무렵의 두근거림이 느껴졌다.

'이제부터 내 돈이 생긴다!'는 기대에 찬 두근거림이었다.

나는 가족과 함께 살면서도 '개인으로서의 나'라는 선을 확실히 긋고 살았다. 자립한 한 인간이라는 증명을 원했다.

거기에는 정신적인 자립뿐 아니라, 경제적인 자립도 포함되어 있다.

일하고 싶은 마음이 생겼을 때 바로 준비한다.

내가 직접 번 돈을 쓰면
기쁨이 남다르다

결혼했으니 남편에게 생활비를 받는 것에 거부감이 있었던 것은 아니다. 하지만 전업주부로 있는 동안에는 왠지 초조한 마음이 들었다.

연년생을 키우는 데 급급해서 깊이 생각하진 못했지만, 이대로 매일 똑같이 생활해도 될까 싶었다. 남편의 수입에만 기대지 말고, 아이들의 장래와 여유 있는 생활을 위해서라도 내 돈을 벌자는 마음이 점점 커졌다.

첫 파트타임 일은 오전 10시부터 오후 3시까지 했다. 아이들을 학교에 보낸 뒤 청소를 하고 출근해서 저녁 식사 준비 전까지는 돌아올 수 있었다. 주 3일 출근했고, 시급이었지만 한 달에 60만 원가량 받았다.

일한다는 것이 이렇게 즐거운지 새삼 깨달았다. 업무는 담당하는 약국의 매장을 돌며 인사하고 상품을 소개하거나 진열대를 점검하는 구역 영업을 도와주는 일이었다. 집 근처만 맴돌다가 번화가로 나가게 되고, 거기에 급여까지 받을 수 있으니 만족스러웠다.

희한하게도 파트타임이긴 하지만 내가 일해서 번 돈으로 물건을 사면 기쁨도 배가 된다. 생활비가 모자랄 때도 도움이 되고, 아이들 물건을 사도 기분이 좋으며, 내 옷을 눈치 보지 않고 살 수 있어서 정말 기뻤다.

그 후에 외국계 일용품 회사, 유명 화장품 회사 등 일하는 곳은 몇 차례 달라졌다. 계약이 끝나거나 회사의 사업 영역이 바뀌는 등의 이유 때문이었는데, 시대가 좋았던 덕분인지 친구들의 연줄과 신문 광고 등을 통해 일자리를 바로 찾을 수 있었다.

세 번째로 파트타임 일을 한 곳은 외국계 유명 화장품 회사였는데, 여기에서도 구역 영업을 담당하게 되었다. 주부를 활용한 1기생 파트타이머로서 월요일부터 금요일까지 주 5일 풀타임으로 9년 동안 근무했다.

친구와 카페에서 커피 한 잔을 마셔도, 점심을 먹어도, 내가 번 돈으로 내니까 마음이 무척 가벼웠던 기억이 난다.

30대 중반부터 후반까지는 옷도 핸드백도 많이 샀다. 지금 되돌아보면 좀 지나칠 정도로 사들였지만, 그것은 그것대로 즐겁고 좋은 추억이 되었다.

급여의 고마움을 알면 일하는 원동력이 된다.

40세 무렵, 남편과 한평생
살 수 없다는 생각이 들었다

일을 시작하고 6~7년이 지났을 무렵, 결혼 생활이 너무나 괴로워졌다. 남편이 바람을 피운다든가 일을 하지 않는다든가 하는 명확한 이유가 있었던 것은 아니었지만, 뭔가 잘못된 듯했다.

요즘 말로 하면 '모럴 해러스먼트', 즉 정신적인 폭력 때문일지도 모르겠다. 결혼 초기에는 참고 견뎠던 남편의 말에 상처를 받을 때가 점점 많아졌다.

젊을 때는 나도 "여자니까"라고 무시를 당하면 지지 않고 맞섰다. 그럴수록 상대는 나를 더 매도하고 위협했다. 이런 일이 반복되면서 나는 점점 마음을 닫았고, 하고 싶은 말이 있어도 입 밖에 내지 않고 마음에 담아두게 되었다.

남편은 평소 일이 끝나면 놀러 다니느라 바빠 육아는 오롯이 내 차지였지만, 일요일에는 온 가족이 함께 외출하거나, 아이들을 야구장에 데려가기도 하고 귀여워하기는 했다. 하지만 근본적인 사고방식이 전혀 달랐다. 가치관이 달랐다. 매일 일상 속에서 조금씩 마음이 멀어진 기분이 들었다.

이 사람과 앞으로 평생 한 지붕 아래에서 살지는 못하겠다는 생각이 든 것은 40세가 가까워진 무렵이었다. 하지만 감정에 휩쓸려 바로 이혼하면 아이들이 슬퍼할 것이 뻔했다. 또 내 앞날도 불안했기에 이제부터 어떻게 할 것인지 생각하기로 했다.

별거를 대비해 돈을 모으자, 아이들과 떨어져 살지 않으려면 어떻게 하면 좋을까 등등 여러 가지 고민을 했다.

조금이라도 돈을 더 벌기 위해 일하는 시간을 늘리고, 쇼핑도 그만두었다.

앞날에 대한 이런저런 계획을 세울 때, 큰아들의 고등학교 입시가 다가왔다. 시험을 앞두고 불안한 아이의 마음을 엄마

때문에 동요시킬 수는 없기에 서두르지 않기로 했다.

그다음 해에는 작은아들도 고등학교 입시를 앞두고 있어서, 일단 작은아들이 고등학교를 졸업할 때까지는 내 마음을 억누르고 조금 더 가족의 일원으로 지내기로 마음먹었다.

남편과 사이가 좋지 않아도 감수성이 풍부한 아이들 앞에서 싸움은 하지 않았다. 하지만 아이들도 고등학생이 되었으니 어느 정도는 알아챘을 것이다. 껄끄러운 분위기에서 아무리 밝게 행동하더라도 엄마가 행복하지 않은 듯한 모습을 보이는 것은 오히려 좋지 않을 것 같다는 생각이 들었다.

가족을 최우선으로 생각하면서
내 마음도 소중히 여긴다.

42세,
별거를 시작하다

작은아들이 고등학교에 들어간 해의 여름휴가 때, 도저히 참을 수 없는 일이 생겨서 집을 나왔다. 수중에는 파트타임으로 일해서 모은 1,000만 원과 결혼 전 다니던 회사에서 퇴직 전에 받은 보너스 등을 모은 저금이 1,000만 원 조금 넘게 있었다. 하지만 이 돈은 만일의 경우를 대비해 손대지 않고 갖고 있기로 했다.

그리고 결혼한 뒤 가입한 남편의 생명보험을 해약하고 받은 돈이 800만 원 넘게 있었는데, 우선 이 돈으로 일할 때 필요한 차를 사고 집을 계약했다. 차는 중고 소형차를 구입했다.

약간의 가구와 의류함 3개 분량의 옷, 늘 사용하는 잡화를 차에 실었다. 그렇게 새로운 집에서의 생활이 시작되었다.

그때 나이가 42세였다.

부부가 이혼을 전제로 별거하게 되었을 때, 일반적으로 아이들은 엄마를 따라가는 경우가 많을지도 모르겠다.

내 경우에는 시아버지와 함께 시댁에서 살고 있었고, 남편이 아버지가 하던 자영업을 이어야 하는 상황이라 내가 집을 나오기로 했다.

아이들에게 어떻게 할 것인지 물었는데, 아이들 입장에서는 나고 자란 집이 편할 테고 둘 다 고등학생이니 각자 방을 쓸 수 있는 시댁을 떠나 엄마를 따라 비좁은 집에서 살고 싶지는 않았을 것이다. 그렇다고 아이들과 이대로 헤어질 수는 없었다.

그래서 어떻게 하면 좋을지 고심한 끝에 언제든지 바로 달려갈 수 있는 거리에 살면서, 매일 시댁을 오가며 집안일과 식사 준비를 해주면 되겠다는 결론에 이르렀다.

그럴 심산으로 집을 찾았더니 마침 적당한 물건이 있었다.

시댁에서 걸어서 15분, 자전거로 5~6분 거리에 있는 2층짜리 꽃집이었다. 꽃집 2층에 있는 부엌 딸린 방이 임대로 나온 것이다. 수도료를 포함한 월세가 62만 원이었다. 바로 방을 계약할 수 있었던 것은 파트타임이긴 하지만 일을 하고 있었기 때문일 것이다. 전업주부였다면 아무리 작은 집이라도 임대 계약을 할 수 없었을지도 모른다.

내 이런 선택을 두고 '그럴 바에는 굳이 별거를 하지 않아도 되지 않냐'며 희한하게 생각하는 사람도 있을 것이다.

하지만 지금 생각해봐도 당시에는 이 색다른 별거와 퇴근 후 달려가서 아이들을 돌보는 방법 외에는 다른 길이 없었다. 그 생활이 있었기에 10대였던 아이들과도 끈끈한 유대관계가 생겼다고 생각한다.

상식에 얽매이지 말고
최선의 방법을 생각해 실행에 옮긴다.

일이 끝나면 바로 시댁으로 가서 3인분의
저녁 식사를 준비했다. 혼자 사는 집에는
밤 11시가 지나서야 돌아왔다.

퇴근 후 시댁으로 직행하는
색다른 별거 생활을 필사적으로 해내다

이 별거 생활에서 마음의 버팀목이 되어준 사람은 아들의 초
등학교 학부모회에서 만난 아들 친구의 엄마였다. 그녀는 나
를 'LEE 엄마'라고 불렀다. 『LEE』라는 잡지가 막 창간되었을
때였는데, 가정에도 멋에도 소홀함이 없는 여성을 이상형으
로 삼은 월간지였다. 그 잡지에는 청셔츠에 청바지, 스트라이
프 니트 같은 캐주얼한 패션이 지면을 장식했는데, 마침 내가
그런 옷을 자주 입었기 때문인 듯하다. 그렇게 불린 나는 과
연 가정에도 멋에도 소홀함이 없었을까?

사실 집에만 있다가 일하러 나간다고 해서 집안일을 게을리

하기는 싫었다. 옷도 대충 입지 않았고 주변 사람들에게 좋은 인상을 주기 위해 신경을 썼다. 아마도 꽤 무리했을 텐데, 그 무렵에는 자각하지 못했다. 하지만 혼자 살게 되면서 긴장이 풀렸는지 가슴 깊숙이 심호흡을 할 수 있게 되었다. 나는 주변을 지나치게 신경 쓰는 성격이라 적당히 하는 법을 몰랐던 것 같다.

전 남편에게는 미련이 없었지만, 시댁에 두고 온 아이들은 마음에 걸렸다. 고등학생이라고 해도 정신적으로는 아직 어리기 때문이다. 먹을거리도 영양의 균형을 생각해 제대로 먹이고 싶었고, 나 때문에 섭섭한 생각은 하지 않았으면 했다.

남편은 집에 늦게 돌아왔기 때문에, 내가 퇴근길에 장을 보고 시댁에 가서 한숨 돌릴 새도 없이 저녁을 만들어 아이들과 함께 먹었다. 식사 후에는 함께 텔레비전을 보거나 그날 아이들에게 있었던 이야기를 들었다. 세탁기를 돌리고, 다음 날 도시락을 만들어 냉장고에 넣고, 아이들이 각자의 방으로 돌아갈 때까지 그 집에 있었다.

그리고는 서둘러 내 집으로 돌아와서 몸을 씻고 다음 날 준비를 한 뒤 잠만 잤다. 지금 생각하면 말도 안 되는 체력과 기력에 놀라울 뿐이다.

전 남편에게서는 두 아이의 생활비로 식비와 고등학교 수업료(둘 다 공립학교), 교재비, 수학여행 적립금 등을 합쳐 매달 100만 원을 받았다. 별거 당시 금전적으로 여유가 없던 나로서는 고마운 일이었다. 아이들에게 저녁을 만들어주면서 나도 함께 먹었기 때문에 내 식비도 상당히 아낄 수 있었기 때문이다.

희한한 별거 생활이었지만 마음이 완전히 떠난 남편과 참고 계속 사는 것보다 훨씬 행복했다. 정식으로 이혼하며 호적을 정리한 것은 별거를 시작한 지 5년 가까이 지났을 때였다. 작은아들이 성인이 된 뒤였다.

무리일 것 같은 일도 체력이 되는 한 해본다.

파트타이머에서 벗어나
안정된 직장을 구하다

외국계 화장품 회사에서 구역 영업을 하는 9년 동안 시급도 올라서 수중에 있던 2,000만 원에는 손대지 않고 어떻게든 먹고살았다. 적은 금액이지만 저금도 할 수 있었다. 그렇다고 해서 앞날에 대한 막연한 불안감이 사라지지는 않았다.

　꽃집 2층에 있는 방은 가게의 정기 휴일이나 문 닫은 밤이 되면 쥐 죽은 듯한 고요함에 휩싸였다. 내 움직임 외에는 아무 소리도 나지 않는 공간이 쾌적하기는 했지만, 이런저런 걱정을 하고 있노라면 생각이 점차 어둡고 나쁜 쪽으로 기울기도 했다.

'이런 좁은 방에서 난 뭘 하는 거지. 아이들에게도 못 할 짓을 하고……. 지금은 괜찮아도 파트타임 일을 계속해봤자 한 달에 150만 원밖에 못 벌 텐데. 나이를 더 먹어서 일할 수 없어지면 어떻게 하지?'

계속되는 고민에 괴로워할 때, 문득 이런 생각이 머리를 스쳤다.

'지금까지 내 인생, 그렇게 나쁘지 않았잖아? 마음을 터놓을 친구도 있고, 소중한 아이들도 있어. 부모님이나 형제들과도 사이가 좋아. 할 수 있는 만큼 해보고, 그래도 어쩔 도리가 없으면 죽으면 돼.'

물론 죽을 마음은 없었지만 이렇게 생각을 고쳐먹으니 희한하게도 내 안에 있던 막연한 불안감을 떨쳐낼 수 있었다.

그러고 보니 파트타임 일로는 안 되겠다는 생각이 들었다. 혼자가 되고 반년이 지났을 무렵이었다. 그 전까지는 주말에 다른 파트타임 일도 했지만, 파트타임 일은 보너스도 없고 언제 계약이 해지될지도 모른다. 큰맘 먹고 혼자가 됐는데 불안감을 안고 살아가는 것은 무의미하지 않나 싶었다.

그 당시에는 40대 초반이었으므로 내가 일을 가리지만 않는다면 고용해주는 곳이 있을 것이라고 생각했다.

나는 마음을 정하면 실행이 빠르다. 곧바로 행동에 옮겼다. 지금처럼 인터넷 구직 사이트도 없었으므로, 신문의 구인란에서 일자리를 찾았다. 파트타이머에서 벗어나 매달 월급을 받는 직장을 찾기 위해 필사적으로 노력했다. 그렇지 않으면 앞날에 대한 불안이 사라지지 않을 것이기 때문이다. 나는 안정된 삶을 살고 싶었다.

이때가 진정한 나의 '승부처'였는지도 모른다.

안정된 직장을 구한다.
목표를 확실히 하고 행동한다.

구직할 때 중요한 것은
좋아하고 잘하는 일을 찾는 것이다

월급을 받는 사원이 되고 싶다는 생각이 들었을 때, 실은 당시 파트타임으로 일하던 곳의 인사 담당자에게 계약직 사원이 될 수 없겠냐고 물어본 적이 있다. 회사 분위기도 익숙한 데다가 좋아하는 직장이었기 때문이다. 하지만 인사 담당자로부터 "계약직이든 정규직이든 채용할 계획이 없다"는 말을 듣고 포기했다. 나는 다른 회사를 찾기로 하고 어떤 일을 할지, 직종과 조건 등을 세심히 살펴보았다.

고졸에 이렇다 할 기술이 있는 것도 아니었기에, 직종은 그동안 해온 파트타이머 경험을 살릴 수 있는 영업직을 찾았다.

특히 여성만 할 수 있는 일을 목표를 정했다. 내가 가장 좋아하는 분야는 패션과 인테리어다. 하지만 그 분야의 일은 할 수 없을 듯해서, 여성들이 매일 사용하는 화장품은 어떨까 생각했다.

그때까지 파트타임으로 일한 곳도 외국계 화장품 회사라 어느 정도 요점은 파악하고 있었던 점도 컸다.

화장품이라고 통칭하지만, 메이크업에 필요한 파운데이션이나 립스틱, 아이섀도부터 피부를 건강하게 지키는 스킨케어 제품까지 화장품은 각양각색이다.

내가 신문 광고의 구인란에서 발견한 것은 제약회사의 스킨케어 제품을 자체 개발해 판매하는 회사였다.

직종은 영업이었다. 외근 일은 체력적으로 힘들지만, 그만큼 내가 적극적으로 일하면 매출이 늘고, 상품이 좋은 곳에 진열되는 등의 반응도 있다. 파트타임을 할 때도 보람을 느꼈기 때문에, 비록 계약직 사원을 구하는 것이긴 했지만 더 바랄 나위 없는 구인 광고였다.

나이 제한에 걸리는 내가 채용된 이유는 비록 파트타이머이긴 해도 경험이 있고 풀타임으로 일해왔기 때문일 것이다.

지금의 20~30대 여성은 결혼해도 대부분 일을 그만두지 않는다. 하지만 아이를 낳으면 출산휴가나 육아휴직이 있는데도 회사를 그만두는 사람이 적지 않은 듯하다. 나도 결혼하고 미련 없이 회사를 그만두었으니 할 말은 없지만, '일하고 싶다'는 마음이 생겼을 때 바로 일을 찾은 것은 다행이라고 생각한다.

내가 고등학교를 졸업한 뒤 다닌 회사에서는 일반 사무를 봤으므로, 경력을 쌓으려 하지도 않았고 업무에 활용할 만한 자격증을 따려는 생각도 하지 않았다. 그런 나도 나름의 목표를 정해 일하고 싶다는 의사를 전했더니 채용되었다.

그 전까지는 '책임도 할당량도 없는 파트타이머가 편하다'고 생각했지만, '내 인생을 내가 번 돈으로 꾸려가자'라고 결정했을 때 계약직이라도 좋으니 사원을 목표로 삼길 잘했다는 생각이 든다.

포기하지 않고 직업을 구하면
반드시 길이 열린다.

책임을 다하고 보람을 느끼면
일하는 것이 정말 즐겁다

계약직 사원으로 들어간 화장품 회사에서 나는 입사 동기인 20대 남성 사원과 소장, 이렇게 단 세 명밖에 없는 영업소에 배치되었다. 시작한 지 얼마 되지 않은 영업소였다.

내가 팔아야 할 화장품은 전혀 알려지지 않은 스킨케어 상품으로, 전국에 체인을 운영하는 드러그스토어가 주요 판로였다. 그리고 백화점의 의약품 코너와 잡화 전문 쇼핑몰에서도 판매되고 있었다.

나는 드러그스토어에 구두 굽이 순식간에 닳을 정도로 드나들었다. 이미 알려진 브랜드의 상품이 진열된 선반에 우리 상품을 놓으려면 어떻게 해야 할까 고민한 끝에 우선 거래처의 화장품 담당자와 점장에게 샘플을 건네고 상품의 특징과 장점을 설명했다.

영업소에 여성은 나밖에 없었고 인원도 적었으므로 피부 진단부터 판촉 행사, 클레임 처리 등 뭐든지 해냈다.

그러는 사이에 영업소에도 조금씩 사원이 늘어 활기가 생겼고, 사원들끼리 손님의 눈길을 끌기 위한 입간판도 만들었다.

같은 팀이었던 젊은 남성 사원은 입간판 만들기에 빠져서 영업을 소홀히 할 정도로 입간판 제작에 여념이 없었다. 모두 회의 시간에 모여 "눈에 띄는 것은 빨간색과 노란색"이라든가 "상품 이미지를 돋보이게 하는 분홍색이 좋다"며 오랜 시간 아이디어를 주고받았다.

그래도 즐거웠다. 고등학교 시절의 축제나 체육회 전날처럼 단결된 기분이 들어서 몸은 힘들어도 성취감을 많이 느꼈다.

그러는 사이에 우리 영업소의 실적이 올라, 본사의 인사 담당자로부터 정규직을 제안받았다. 정규직이 되려면 먼저 본인이 신청한 뒤 적성 검사를 통과해야 하는데, 회사에서 먼저 내게 이런 제안을 했다는 사실이 기뻤다.

회사가 내 능력을 알아준다는 생각에 지금까지 한 고생에 대한 보답을 받은 듯해서 가슴이 뜨거워졌다. 정규직이 되면 보너스도 실적에 따라 지급되고, 다양한 수당과 퇴직금도 나온다. 연금에도 유리할 것이다. 나는 기꺼이 회사의 제안을 받아들였다.

내 직장 생활 중에서도 가장 충실했던 때가 40대 후반부터 50대 전반에 걸친 이 시기였다고 생각한다.

정규직이 된 뒤로는 전임으로 들어온 미용 스태프를 지도한 적도 있다. 그때 회사 상품을 널리 알리기 위해 열심히 프로모션 활동을 했던 일은 지금도 기억에 남는다.

심지어는 회사 제품인 로션이나 에센스, 크림 등을 사용한 에스테틱룸을 운영한 적도 있다. 교외에 있는 드러그스토어의 한 코너에 마련한 공간이었는데, 내가 피부 미용사 강습을 받고 자격증을 따서, 시술을 담당하는 미용 스태프를 지도했다.

전문 에스테틱에서는 코스 하나에 수십만 원을 받지만, 회사 상품의 홍보를 겸해 샘플 제품을 사용하고 실비만 받았다. 비타민 C나 태반 추출물 등을 사용하고도 1회에 1만 5,000원 ~2만 5,000원 정도만 받았으므로 고객들도 아주 기뻐했다.

드러그스토어를 돌며 구역 영업을 하는 것 외에도 회사 제품을 사용한 에스테틱룸을 운영하는 등 다양한 판촉 아이디어를 냈다.

아울러 거래처에 가져갈 연수 자료를 만들 때도 성분을 다 조사해 적고, 사진을 첨부하는 등 솔선수범했다.

드러그스토어는 늦게까지 영업을 하기 때문에 퇴근 시간도 늦어졌지만, 그래도 야근을 한다고 생각하지 않고 열심히 일했다. 제품이 팔리는 만큼 성취감도 높아졌으므로, 힘들지만 즐겁다고 매일 생각했다.

열심히 할수록 성과가 오른다.
이것이 일의 묘미다.

텔레비전을 짊어지고
지하철역의 중앙홀을 걷다

전통 있는 백화점 본점에서 상품을 진열할 수 있게 되었을 때, 정기적으로 고객의 피부를 진단하고 샘플을 제공하는 프로모션을 하기로 했다. 프로모션에 필요한 14인치 소형 텔레비전과 현미경 등 기자재를 백화점으로 옮기기 위해 지하철을 이용했는데, 보통 일이 아니었다.

일단 액정 텔레비전이긴 해도 그 무게에 다리가 꼬일 정도였다. 무엇보다 텔레비전을 둘러메고 옮기는 것이 창피했기에 아무도 보지 않길 바랐지만, 아들에게 우연히 그 장면을 들키고 말았다. 작은아들이 대학생일 때였는데, 친구와 함께 지하철역의 중앙홀을 걷다가 커다란 자루를 짊어진 내가 스치듯 지나가는 것을 본 것이다. 잔뜩 찡그린 얼굴로 비틀비틀 걷고 있어서 말도 걸지 못했다는 이야기를 나중에 듣고 부끄러웠던 적이 있다.

백화점에 입점한 뒤에는 매일 영업이 끝나면 몇 개가 팔렸는지 회사에 보고해야 했다. 오전 10시부터 오후 6시까지 손님을 상대했는데도 하나도 팔지 못한 날에는 솔직하게 보고할 수 없어서 '오늘은 내가 몇 개 사갈까, 돈도 없는데' 하고 생각하며 스트레스를 받았다.

드러그스토어를 도는 일은 루트가 정해진 영업이다. 나는 수도권의 유명 드러그스토어 체인이 어디에 있는지 거의 파악하고 있었다. 드러그스토어는 폐점 시간이 빠른 곳은 오후 8시, 늦은 곳은 오후 10시까지 하는 곳도 있는데, 우리 같은 영업 담당자는 이때를 잘 공략해야 한다. "수고하셨습니다"라고 말을 건네면서 우리 회사 상품을 눈에 띄는 장소에 진열하고, 광고판이나 포스터를 붙이는 일도 폐점한 뒤에 할 수 있기 때문이다. 그러니 이른 아침부터 밤늦게까지 몸을 사리지 않고 일할 수밖에 없었다. 왜 그렇게 열심히 했는지 되돌아보곤 하는

데, 먹고살려면 '무슨 일이 있어도 관둘 수 없다'는 악착같음이 있었기 때문인 것 같다.

또 한 가지는 내가 회사의 상품을 진심으로 훌륭하다고 생각했던 점도 매우 컸다. 그래서 주위 친구들이 "아무리 힘들어도 화장품은 그 자체를 사랑할 수 있으니까 좋네. 피부가 약한 사람들을 도와줄 수 있다고 생각하면 열심히 할 수 있고"라고 격려해준 적도 있다.

평일에는 거래처를 돌고 주말에는 집에서 컴퓨터로 자료를 정리하는 나날이 이어졌다. 휴일 없이 일하느라 분명 힘든 점도 많았지만, 지금은 그 충실했던 나날들이 그립게 느껴진다.

'무슨 일이 있어도 그만둘 수 없다'는 마음을 버팀목으로 삼는다.

소장으로 발탁되었지만
적성에 맞지 않았다

열심히 하면 결과가 나오는 영업 일은 내 성격과도 잘 맞았다. 우리 영업소의 실적이 점점 늘었고, 부서 전체 매출의 50퍼센트 이상을 차지하게 되었다.

내가 주임이 된 뒤로는 파워포인트로 판매 기획 자료를 만들어 본사 회의에서 발표하는 기회도 있었다. 드러그스토어의 연수 트레이너도 했다.

이렇게 내 나름의 영업 경력을 쌓아가던 중 2011년 1월, 본사의 인사 담당자로부터 "다음 소장을 해볼 생각이 있냐"는 제안을 받았다. 회사의 인정을 받았다는 기쁨 반, 소장으로서 영업소의 숫자를 관리하고 부하 직원을 통솔하는 일을 할 수 있을까 하는 불안이 반이었다.

하지만 무슨 일이든 해보기 전에는 알 수 없으며, 하기 전부터 '못할 거야'라고 물러서는 것은 직장인에게 금물이다. 그렇게 해서 작긴 하지만 도쿄에 있는 한 영업소의 소장으로 취임했다.

소장이 된 뒤 반년 동안은 실적이 그럭저럭 괜찮았다. 하지만 그다음 3개월을 대비할 대책이 없는 상태였다. 첫 반년 동안 지나치게 내달린 탓이다.

그 무렵 회사의 체제도 바뀌어 내 직속 상사인 부장도 교체되었다. 이전의 부장과는 마음도 통하고 잘 지냈는데, 신임 부장과는 솔직히 잘 맞지 않았다.

그런 와중에 소장으로서 매달 본사의 영업 회의에 참석해 생산 계획, 예산, 경비, 인건비 등 전체적인 움직임을 파악해야 했다. 서툰 엑셀 작업으로 반년 단위의 매출 예상과 경상이익 등 숫자 관리와 서류 작업을 하느라 힘에 부쳤다.

소장직을 바로 내던질 수는 없어서 필사적으로 해냈지만, 1년이 지날 무렵 몸 상태가 이상해졌다. 정신적인 스트레스 때문인지, 갱년기 때문인지 현기증으로 일어설 수도 없게 되었다.

며칠 후 가까운 병원에서 진찰을 받았더니 갱년기인데다 내버려 두면 자궁암이 될 수 있는 상태라고 했다.

이대로 몸에 계속 부담을 주면 돌이킬 수 없는 큰 병에 걸릴지도 모른다. 일은 아직 그만둘 수 없지만 소장이라는 자리에서는 내려오기로 결심하고, 부장에게 주임이나 평사원으로 직위를 낮춰 달라고 상담했다.

그때가 2012년 3월이었다. 다음 달인 4월에 평사원으로 근무하라는 발령이 내려졌다. 소장이었던 시기는 1년 3개월이었다.

적성에 맞지 않는 업무도 있다.
앞날을 생각해 스스로 냉정하게 판단한다.

56세,
정규직을 그만둘 생각을 하다

내가 원해서 평사원이 되긴 했지만, 그간 쌓아온 실적 때문인지 새로운 소장도 나를 함부로 대하지 못하는 듯했다. 그만큼 불편할 듯해서 나도 알게 모르게 신경을 쓰게 되었다.

소장으로 있었던 1년 3개월 동안은 숫자와 서류 작업에 쫓겼지만, 이제는 다시 전처럼 현장에 갈 수 있다. 내가 키운 가게를 다시 담당할 수 있다. 좋아하는 일을 마음껏 할 수 있겠다 싶었지만, 그럴 수 있는 기간은 짧았다.

반년 뒤 어느 날, 다시 몸에 이상을 느낀 것이다. 외근 도중에 오른 다리가 찌릿찌릿 아파서 갈아타려던 전철역의 플랫

폼 벤치에 주저앉았다. 간신히 걸을 수 있을 정도였다.

온몸이 납덩이처럼 무겁고 아파서 힘이 들어가지 않았다. 내 몸에 무슨 일이 일어난 건지 몰라 두려웠다. 회사에 조퇴하겠다고 연락한 뒤 근처에 있는 병원에서 진찰을 받았다. 병명은 대상포진이었다.

스트레스를 받거나 몸에 부담이 가면 면역력이 떨어져서 나타나는 증상인데, 이 대상포진이 어떤 징후임을 깨달았다. 아마 상당히 무리하고 있었던 듯하다.

소장 자리에서 물러났어도 회사에 있을 때 점점 마음이 편치 않았다. 나를 배려해준 사장님이 바뀌고 새로운 체제로 바뀐 점도 영향을 끼쳤을 것이다.

대상포진은 한 달 만에 나았지만, 다시 도지면 곤란하다. 이제까지 나는 여러 일을 겪어왔고, 지금이 가장 적당한 때일지도 모른다. 문득 '이제 회사를 그만둬도 되지 않나'라는 생각이 들었다.

내 마음과 몸의 반응을 확인하고 순순히 따른다.

제 2 장

57세부터 경력을 낮추기로 했다

저금에는 손대지 않고, 기본 생활비 120만 원을 벌기 위해 아르바이트 자리를 찾기로 했다. 과연 일을 구할 수 있을까?

46세,
작은 아파트를 마련하다

남편과 별거를 하며 처음 살았던 곳은 부엌이 딸린 원룸으로, 수도료를 포함해 월세가 62만 원인 집이었다. 당시 그 집에서는 잠만 잤으니 그럭저럭 만족했지만, 아이들이 놀러 오기에는 비좁았고 주방도 작았다. 그래서 정식으로 이혼한 뒤에는 방이 2개 있는 임대 아파트를 찾았다.

그때, 아이들의 초등학교 시절 학부모회에서 알게 되어 지금도 친하게 지내는 친구들이 광고지를 받았다며 분양 아파트를 추천했다. 내 집을 갖는다는 것은 생각해보지도 않았던 터라 무리라며 사양했지만, 친구들도 물러서지 않았다. 광고지

에는 매달 65만 원씩, 35년 동안 갚는 조건으로 주택자금 대출을 받을 수 있다고 써 있었다. 분양가는 2억 원이 채 안 되었다.

1년 전에 정규직이 되었으니 이 정도면 나도 살 수 있겠다고 마음을 바꾸어 모델 하우스를 보러 갔다.

모델 하우스에서 본 집은 저층에 있는 방 하나짜리였다. 화장실과 욕실이 붙어있는 점이 마음에 걸려 주저하자, 판매 담당자가 고층은 아직 공사 전이니 분리할 수 있다고 했다.

층수가 올라가면 1,000만 원 이상 추가되어 거절하려 했는데, 담당자가 이렇게 좋은 물건은 없다며 지금 하면 다른 사람이 취소한 추가 옵션인 고급 바닥재로 시공해준다고 권하는 바람에 계약금을 내고 신청했다. 계약금은 1,000만 원이었다. 계약과 입주에 드는 제반 경비는 어머니에게 600만 원을 도움받고, 내 수중에는 2,000만 원을 남겨두기로 했다. 통장에 그 정도 잔고는 있어야 안심이 되기 때문이다.

상환 기간이 35년인 주택자금은 쉽사리 빌릴 수 없었다. 부동산 판매 회사 사장과 함께 금융기관을 돌아다닌 끝에, 세 번째 방문한 곳에서 겨우 대출을 받을 수 있었다.

그렇게 마련한 곳이 지금 사는 집이다. 1인 가구나 아이 없는 부부가 살기 좋은 구조로, 창문으로는 햇빛이 한가득 들어온다. 그때 광고지를 들고 온 친구들을 생명의 은인이라고 하면 좀 과하겠지만, 그에 버금갈 정도로 감사하고 있다. 내 집이 있느냐 없느냐에 따라 느껴지는 안정감이 전혀 다르기 때문이다.

　이 집이 있기에 '살 곳이 있으니 설령 저금이 바닥나도 이 집을 팔면 급한 대로 생활비는 조달할 수 있다'는 마음의 여유가 생겼다.

살 곳이 있다는 안정감은 무엇과도 바꾸기 어렵다.

보너스는 대출금 상환과 아이들 학비에 썼지만,
나중에는 저금도 할 수 있었다

45세에 정규직이 된 뒤로는 여름과 겨울, 그리고 실적에 따른 연말 보너스를 1년에 세 차례 받았다. 몸이 으스러지게 일한 대가였지만 내가 자유로이 쓸 수 있는 건 자투리 금액뿐이었다. 예를 들어 보너스가 많이 나오는 겨울에 423만 5,370원을 받으면, 내가 쓸 수 있는 돈은 23만여 원뿐이고 나머지에는 손을 댈 수 없었다.

그 돈에서 대출받은 주택자금을 120만 원 갚고, 반년마다 아이들의 대학 등록금을 이체했다.

아이들의 대학 입학금과 1~2년 동안의 등록금은 전 남편이

냈으나, 도중에 그러지 못할 상황이 되어 아들이 자퇴를 고민했기 때문에 "엄마가 어떻게든 해볼게"라고 안심시키고는 그때부터 아이들의 등록금도 부담했다. 나는 고등학교밖에 졸업하지 못했기에 아이들만큼은 힘들게 들어간 대학을 그만두게 하고 싶지 않았다. 두 아들 모두 그 흔한 학원 한 번 못 다녀보고 참고서만 보며 필사적으로 공부한 걸 알았기에, 어떻게든 졸업시키고 싶어서 친정어머니의 도움도 받고 나 역시 열심히 일했다.

그래도 등록금을 이체할 때는 금액의 자릿수를 세며 손이 덜덜 떨렸던 기억이 난다.

아이들이 대학을 졸업해서 학비가 들지 않게 된 뒤부터는 주택자금 대출을 갚는 데 온 힘을 쏟았다. 내가 아파트를 샀을 때는 가격이 매우 저렴한 대신 대출 이자가 변동 금리로 높게 설정된 탓에 오래 빌리면 손해였기 때문이다. 게다가 언제까지 일할 수 있을지 모른다. 여든 살이 넘어서도 대출금을 갚을 수 있을 리 없다.

그러던 차에 전 남편의 아버지가 돌아가셔서 유산을 상속

받았다. 큰아들이 전 남편에게 엄마도 고생했으니 유산을 나눠달라고 이야기해준 것이다. 나는 위자료 대신이라 생각하고 감사히 받았다. 그 돈으로 대출금을 일부 상환한 뒤부터는 속도가 붙었다. 수입의 절반을 떼어내고 보너스를 받을 때마다 갚아나간 결과, 56세에 대출금을 모두 갚을 수 있었다. 집을 산 지 10년 만에 대출금을 다 갚을 수 있었던 것은 나도 정말 열심히 노력했지만, 운도 따라준 듯해서 감사히 여기고 있다.

대출금을 갚은 뒤에는 노후를 대비한 저금을 늘리기로 했다. 지금까지 그래왔듯이 보너스는 자투리 돈만 쓰고, 목돈에는 손대지 않았다. 월급은 절반가량 먼저 저금하고 남은 돈으로 생활했다.

60세 생일이 있는 달부터는 퇴직연금을 받을 수 있으니, 그때까지는 어떻게든 절약하고 저금하려고 노력했다.

대출금은 가능한 한 빨리, 열심히 갚는다.

정년을 3년 앞두고
퇴직을 결심하다

13년 동안 주말도 없이 줄곧 일해온 회사였지만 미련은 없었
다. 스스로 '이제 할 만큼 했다'는 성취감도 느꼈으니, 더 붙들
고 있을 이유도 없었다.

정년까지 3년이 채 남지 않았으니 조금만 더 견디면 퇴직금
을 꽉 채워 받을 수 있고, 저금도 더 할 수 있을 것이다.

게다가 65세가 되면 국민연금도 나오니 노후에 어떻게든 먹
고살 수 있겠지만, 더 이상 몸을 무리하며 스트레스가 켜켜이
쌓인 마음을 못 본 척할 수는 없었다. 13년 동안 온 힘을 다
해 달려온 피로감과 소장으로 발탁된 뒤 매일매일 받은 스트

레스를 생각하면 이제 한계였다.

잠시 쉬었다가 다시 앞으로 나아가기 위해서는 기력과 체력, 그리고 금전적인 여유가 필요하다. 다행히 주택자금 대출은 다 갚았고, 아이들에게 들어가는 돈도 없었다. 무엇보다 노후를 염두에 두고 저금을 시작한 것이 컸다고 본다.

퇴직을 생각한 계기가 된 대상포진은 증상이 나타나자마자 바로 치료한 덕에 비교적 가볍게 넘어갔다. 그래도 완치까지는 한 달이 걸렸다.

건강한 생활을 하면서 저금에 손대지 않고 살려면 어떻게 해야 할까? 내 나름대로 이리저리 생각을 짜내기 시작했다.

다시 나아가기 위해 필요한 것은 기력과 체력이다.
무리해서는 안 된다.

60세부터 받을 수 있는
퇴직연금 덕분에 용기를 내다

이제 슬슬 회사를 그만둘 때라고 느꼈을 때, 순순히 그렇게 한 데는 몇 가지 이유가 있다. 앞서 이야기했듯이 주택자금 대출은 다 갚아서 빚이 없었고, 퇴직금도 절반이긴 하지만 들어온다. 저금한 돈도 조금 있고, 앞으로 3년만 있으면 퇴직연금을 받을 수 있다는 사실이 무척 든든했다. 일반적인 국민연금은 65세부터 받지만, 퇴직연금은 60세부터 받을 수 있다(앞으로는 단계적으로 지급 개시 연령이 올라간다고 한다).

퇴직연금은 파트타이머로 일한 4년과 회사원으로 일한 13년을 합쳐 매달 50여만 원을 받는다. 이 연금을 받기 전까지는 어떻게든 힘내 보자고 긍적적으로 생각했다.

노후자금으로 얼마가 있어야 안심이 되는지는 좀처럼 답하기 어렵다. 그래서 불안이 더 심해지는 듯하다.

내 경우에는 퇴직연금을 받기까지 3년 남았다는 점이 '지금 퇴직해도 괜찮다'는 생각을 실현할 수 있도록 해준 것 같다.

나는 그간 가계부를 써온 덕분에 한 달에 120만 원만 있으면 생활할 수 있다는 것을 알게 되었다. 구체적으로 어디에 어떻게 쓰는지는 뒤에서 자세히 소개하겠다.

한 달에 120만 원이라고 정해놓으면 살림을 꾸리기가 매우 심플해진다. 120만 원을 마련하면서 되도록 저금에 손대지 않으려면 어떻게 해야 할지, 퇴직서를 쓰기 전에 곰곰이 생각했다. 유급휴가도 두 달 남았으니, 그사이에 준비하면 되겠다 싶어서 마음이 가벼워졌다.

들어오는 돈과 나가는 돈을 차분히 계산한다.

주 5일 일하는
풀타임 파트직을 찾다

56세가 끝나갈 무렵에 13년 동안 몸담은 화장품 회사를 그만두기로 결심했고, 57세가 되던 2013년 3월 말일에 퇴직하게 되었다.

회사를 그만두기로 결심한 후, 사용하지 않은 유급휴가를 다 써버리기로 했다. 40일의 유급휴가 덕분에 느긋한 마음으로 운동 삼아 산책을 하거나 도서관에 다니며 시간을 보낼 수 있었다. 다만, 이 기간에도 멍하니 지내지는 않았다.

우선은 매달 기본 생활비로 쓸 120만 원을 어떻게 벌 것인지 고민했다. 이제는 오랜 시간 얽매이거나 책임이 무거운 정규직으로는 돌아가고 싶지 않았다. 물론 이 나이에 정규직 일을 찾기도 힘들겠지만 말이다. 그렇다고 주 4일, 6시간 정도의 파트타임 일로는 120만 원을 벌기에 턱없이 부족할 것이다.

그래서 오전 9시부터 오후 5시까지 또는 오전 10시부터 오후 6시까지 주 5일 풀타임으로 일할 수 있는 곳을 찾기로 했다. 막연하던 생각에서 나름대로 목표를 좁힌 것이다.

이때도 취업 잡지나 전직 관련 인터넷 사이트가 있었지만, 시니어를 위한 구직 정보를 얻을 수 있는 곳으로 공공 직업 안내소인 '헬로워크'만 한 것이 없었다.

유급휴가 때 헬로워크 사이트에 처음 접속해보았다. 고용보험에서 나오는 실업 급여를 받을까도 생각했지만, 개인 사정으로 퇴직한 경우에는 퇴직일로부터 석 달이 지나야 돈을 받을 수 있기에, 부지런히 헬로워크의 구인 정보를 둘러보고 조건을 입력하여 검색했다.

57세 여성을 주 5일 풀타임으로 일하게 해주는 곳이 있을까? 나이를 생각하면 그런 일자리를 찾기 힘들 것이라고 예상했지만, 조건을 넣어 검색 키를 누르자 일반 사무나 영업 사무 판매원 등 생각보다 다양한 업종과 직종의 구인 정보가 줄

지어 나왔다.

나를 고용해주는 회사가 있을지도 모르겠다는 생각이 들자, 소장에서 물러난 뒤 완전히 상실했던 일에 대한 의욕이 다시 고개를 들었다.

유급휴가 중에는 구직을 할 수 없기 때문에 일단 어떤 회사가 있는지 메모해놓고 급여나 시급 등을 확인한 뒤 퇴직 후 바로 응모할 준비를 해나갔다.

다양한 구직 정보를 얻을 수 있는
헬로워크는 도움이 된다.

양보할 수 없는
근무 조건을 정한다

막연하게 직장을 찾으면 오래 걸릴 듯하여, 내 나름의 '양보할 수 없는 조건'을 리스트로 적었다.

① 주 5일, 풀타임으로 일할 수 있는 곳

② 매달 실수령액으로 120만 원 이상을 받을 수 있는 곳

③ 사회보험에 가입된 곳

④ 숫자로 된 할당량이 없는 곳

⑤ 내근을 할 수 있는 곳

⑥ 집에서 근무지까지 편도로 30분이면 갈 수 있는 곳

이렇게 적고 나니 머릿속이 정리되었다. 이 조건을 토대로 헬로워크의 구인 정보를 검색하고, 괜찮아 보이는 기업을 몇 군데 추릴 수 있었다.

내 경우에는 연금을 받을 때까지 3년 동안 120만 원의 기본 생활비를 벌겠다는 목표가 명확했으므로, 필요한 만큼만 일하기를 원했다.

물론 급여를 많이 받으면 좋겠지만, 그만큼 체력적으로 힘들 거나 책임을 지고 할당량을 채워야 한다면 정규직을 그만둔 의미가 없어지므로, 그 부분은 양보할 수 없었다.

아울러 그때까지 줄곧 영업직으로 외근만 했기 때문에 내근 근무를 희망했다.

또 한 가지 간과하기 쉬운 조건이 있는데, 바로 출퇴근에 걸리는 시간이다. 파트타이머는 시간당 급여를 받으므로 출퇴근 시간도 시급에 포함되는 셈이다. 집이 멀면 수지가 맞지 않고, 너무 가까우면 일과 사생활의 구분이 어려워진다. 따라서 가장 가까운 역에서 전철로 10분 정도까지의 거리가 이상적이다. 집에서 자전거로 다닐 수 있는 곳도 좋을 것 같았지만, 비가 오면 불편할 듯했고 출퇴근할 때 멋을 내는 것도 내 즐거움 중 하나였으므로 전철로 다닐 수 있는 곳을 조건에 넣었다.

당시 57세였던 나는 정년인 60세까지 아직 몇 년이 남아서 '시니어 채용'에 해당하지 않았다. 그 덕분인지 구인하는 업종이나 직종의 폭이 놀라울 정도로 넓었다. 퇴직금을 다 받으려고 정년까지 기다렸다면 '시니어 채용'에 해당되어 일을 찾기가 더 힘들었을 수도 있다.

지금 돌이켜보니 56세에 회사를 그만두기로 결심한 것이 정말 다행이고 행운이라는 생각이 든다.

원하는 일자리를 머리로만 생각하지 말고
하나하나 적어본다.

57세,
인생 첫 제복을 입다

헬로워크를 통해 취업한 곳은 포목 도매상이었다. 영업 사무 보조직으로, 시급은 낮았지만 다른 조건이 맞았다. 처음 담당한 업무는 일본식 정장의 보정 속옷과 허리띠, 띠가 흘러내리지 않게 그 위에 두르는 끈, 버선 등 정장에 딸린 부속 용품 일체를 다루는 일이었다.

5월의 첫 출근 날, 옷을 갈아입는 탈의실에서 깨끗하게 세탁된 상하의 제복을 받았다. 엉겁결에 치마바지와 조끼를 받아 들고는 '어머, 이걸 입는 거야?'라며 당혹스러워했던 기억이 난다.

그 전까지는 검은색 바지 정장이나 무릎 위로 오는 타이트 스커트에 재킷 차림으로 영업 일을 해왔기 때문에, 57세에 처음으로 입는 제복이 좀 멋쩍었다. 하지만 나는 이제 주임도 소장도 아니고, 파트타이머로 일하니까 제복을 맵시 있게 입어보자고 진지하게 마음을 먹었다.

그 가게에서는 파트타임 경력이 수십 년인 60대 여성들도 같은 제복을 입었다. 일을 해보니 이 제복이 의외로 괜찮았다.

포목 도매상 업무는 매입처에서 들여온 1,000점 이상의 상품을 소매점에서 받은 주문서에 따라 고른 뒤 옮겨서 전표를 붙이고 포장하여 배송을 준비하는 일이다. 택배 박스를 다루는 등 의외로 힘을 쓰는 일도 있어서 제복을 입어야 훨씬 편하다. 계단이 있는 선반에서 제품 번호를 확인하면서 찾을 때도 움직이기 편하고, 옷이 지저분해지는 걸 신경 쓰지 않아도 되기 때문이다.

그때까지 살면서 탈의실에서 제복으로 갈아입는 경험은 처음이었지만, 이제는 완전히 익숙해졌다.

새로운 환경이 당혹스러워도 곧 익숙해진다.

관심이 없는 분야라도
일이라면 열심히 할 수 있다

포목 도매상 일을 하기 전까지는 기모노에 관심도 없었고, 부속 용품의 이름도 전혀 몰랐다. 처음에는 부속 용품을 전반적으로 다루는 부서에 배치되었지만, 이후에 사람이 부족하다는 이유로 아동용 기모노와 용품을 담당하는 부서로 이동했다.

이제껏 여유가 없어서 기모노 입는 법을 배운 적도 없을뿐더러 기모노를 입은 적도 없었다. 아이들은 둘 다 남자아이라 시치고산(어린이의 성장을 축하하는 일본 전통 행사 - 옮긴이)도 대여용 기모노로 치렀기 때문에, 아동용 기모노에 대한 지식도 전혀 없었다.

하지만 모르는 건 부끄러운 일이 아니며, 도리어 아는 척하다가 실수라도 하면 변명의 여지가 없으니 자꾸 물어봤다.

기모노의 세계는 심오해서 외울 것도 많지만, 아무리 관심이 없는 분야라도 일로 하게 되면 문제없다. 50대 중반이 지나면 새로운 것이나 모르는 분야에 발을 들이기 어렵다고 생각하기 쉬운데, 그것도 공부하면 모르는 것을 알게 되는 좋은 기회가 된다.

나처럼 정규직에서 경력을 낮추어 파트타이머가 될 때는 초심으로 돌아가 완전히 새로운 분야의 일을 하는 게 오히려 수월할지도 모른다. 기존에 알고 있던 지식에 방해받지 않고 순순히 받아들일 수 있기 때문이다.

지금도 매일 아침 탈의실에서 제복으로 갈아입고 나면 '자, 일하자!'라고 마음의 스위치가 딸깍 켜진다.

새로운 분야의 일이 오히려 수월할 수도 있다.

직장 생활을 잘하려면
베테랑과 사이좋게 지낸다

파트타임 일을 하게 된 포목 도매상에는 오랫동안 일해온 60대 여성들이 있었다. 다 같은 파트직이었는데, 상냥하고 남을 잘 챙겨주는 분들이었다.

그래서 나도 지레 겁먹지 않고, 되도록 좋은 인상을 주게끔 말을 걸거나 모르는 것을 물어보는 사이에 친해졌다.

여자끼리 잘 지내기가 어렵지 않을까 우려했는데, 그보다 나를 당혹스럽게 한 것은 직속 상사의 '파트타이머 취급'이었다. 모르는 것을 물어보면 "파트직은 그런 거 몰라도 돼. 내가 부탁한 것만 해"라는 식이어서 기죽을 때도 있었다.

이전 회사에서 영업 일을 하던 때처럼 나도 모르게 "이러는 편이 효율이 높지 않을까요?"라고 제안해도 귀찮아하기 일쑤였다. 회사마다 오랜 세월 쌓여온 규칙과 일하는 방식이 엄연히 존재하는데, 새로 들어온 파트타이머가 이를 부정하는 듯한 발언을 하니 먹힐 리가 없었다.

예를 들면 나는 정보통신기술이 발달한 요즘 같은 시대에 주문은 팩스로 받고, 매월 마감일에는 영업 담당자가 수고스럽게 수금을 하러 가게를 도는 방식이 잘 이해되지 않았다.

이런 방식에 나름의 의미가 있다는 것을 알지 못했기 때문이다. 아무리 소액인 거래도 오랜 관례를 지키고 가게를 직접 방문해야 소통이 활발히 이루어진다. 이 또한 직종을 바꾸어 파트타이머가 되어서야 알게 된 사실이었다.

지레 겁먹지 말고 적극적으로
직장 동료들과 소통을 한다.

일은 돈을 위해서만
하는 게 아니다

57세부터 일한 포목 도매상은 내가 62세가 되던 해 폐업했다.
또다시 일을 찾아야 한다는 불안감에 빠져 있을 때, 같은 건
물에 있는 동일 업종의 다른 회사가 폐업한 회사의 사원을 일
부 고용하기로 했다.

　파트직은 거의 고용되지 않았으나, 나는 아동용 기모노를
담당하는 부서에 있었기 때문에 고용될 수 있었다. 새로 들어
간 회사에서는 시급이 올라서 매월 실수령액이 100만 원에서
120만 원으로 늘었다. 퇴직연금을 받고 있긴 했지만 20만 원
이 늘었다는 사실이 얼마나 감사한지, 처음에 '아동용 기모

노는 외울 게 많아서 힘들겠다'고 속으로 불평한 것이 죄스럽게 느껴졌다.

아동용 기모노를 전담하느라 달달 외우고 익혔던 일을 그만두지 않아도 되었으니 말이다.

시치고산용 기모노는 부모보다는 할머니가 손주에게 사주는 경우가 많고, 포목점에서 주력은 아니어도 확실하게 팔리는 상품이다. 예전에는 시치고산 행사를 하는 11월 15일 전후에 주문이 몰렸는데, 요즘에는 사진관과 제휴하여 일찍 촬영하는 곳도 있어서 1년 내내 붐빈다.

예를 들어 '7세, 붉은색 계열의 기모노에 전통 무늬, 어울리는 허리띠도'라는 주문이 팩스로 들어오면, 나는 할머니가 된 마음으로 여자아이의 기모노를 한 벌 코디하여 포목 가게로 배송할 준비를 한다.

파트직이긴 하지만 어느 정도 업무에 책임을 지고 있어서 일하는 보람을 느낀다.

4년 전 초여름에는 이런 일이 있었다. 여동생과 함께 줄곧 꿈에 그리던 파리 여행을 일주일 동안 다녀왔는데, 돌아와서 출근해보니 내 책상에 여러 메모가 놓여있었다.

기모노를 코디하는 것
도 일반 정장을 코디하
는 것과 비슷해서 재미
있다.

그리고 상사가 "쇼콜라 씨가 없어서 난처했어. 감사함을 알
게 되었지"라고 말해주었다. "파트직은 필요한 것 외에는 몰라
도 된다"고 했던 그 상사가 말이다.

그때 일은 돈을 위해서만 하는 게 아니며, 주위 사람이 '당신
이 있어서 다행'이라고 여기게끔 하는 것이라는 걸 깨달았다.
아울러 사회와 연결되어 있다는 느낌도 중요하다고 느꼈다.

주 4일 근무로 바꾸다

주 5일 풀타임으로 파트타임 일을 하게 된 것이 57세가 되던 해 5월이다. 그 후 동종 업계의 다른 회사에서 일하게 되었을 때도 업무 시간은 똑같이 오전 9시 15분부터 오후 5시 15분까지였다. 월요일부터 금요일까지 주 5일을 출근했는데, 1년이 지날 무렵부터 몸이 너무 힘들었다. 주말이 되면 피곤이 쌓일 대로 쌓여서 집에서 빈둥빈둥 보낼 때가 많아졌다.

그 무렵에는 63세가 되어서 퇴직연금을 한 달에 50만 원 정도 받았다. 그렇다면 주 5일 근무하고 120만 원을 받는 일을 주 4일 근무로 바꾸어 수입이 20만 원 줄어든다 해도 퇴직연금으로 충당할 수 있겠다 싶었다.

더욱이 1년 뒤에는 코로나 여파로 정부가 긴급 사태를 발령하는 바람에, 회사에서 일하는 시간이 한때 오전 10시부터 오후 4시까지로 단축되었다. 이를 계기로 내 근무 시간을 그대로 바꾸기로 했다.

그래서 수입이 100만 원에서 80만 원이 안 되게 더 줄었지만, 64세가 된 나에게는 오히려 일하기에 딱 적당했다.

일단 일주일의 중간인 수요일을 쉬는 날로 정하여, 주 5일 근무에서 주 4일 근무로 바꿨다. 그렇지만 내가 담당하는 하루 업무량 자체는 변함이 없어서, 근무 중에는 더 집중하고 바쁠 때는 점심시간도 쪼개 일하는 등 열심히 했다.

주말에는 짧은 여행이나 식사 약속 등은 되도록 토요일에 잡고, 일요일에는 느긋하게 집에서 책을 읽거나 인터넷 쇼핑을 하는 등 편히 쉬는 날로 삼았다. 그리고 수요일에는 병원에 가는 등 몸을 관리하는 날로 활용하고 있다.

무리하지 않고, 필요한 금액만큼,
체력에 맞추어 일한다.

제 3 장

적은 돈으로도 여유로운 삶을 살 수 있다

한 달에 120만 원으로 생활을 잘 꾸려갈 수 있는 비결은 언제든 쓸 수 있는 예비비와 마음을 안정시켜주는 저금이 있기 때문이다.

퇴직연금 50만 원이 있고 없고는
큰 차이다

퇴직연금은 마지막에 파트타이머로 일한 곳과 계약직으로 들어가 13년 동안 일한 화장품 회사에서 들어주었다. 합쳐서 매달 50만 원 정도가 나온다.

이 돈이 얼마나 고마운지 모른다. 제약 회사에 1년, 일용품 회사에 1년 반 동안 다닐 때는 사회보험에 가입될 정도로 일하지 않았지만, 마지막에 파트타이머로 일한 외국계 화장품 회사에는 별거 후까지 합쳐 9년을 다녔다.

하지만 외국계 회사여서 그랬는지 파트타이머를 처음 채용한 탓인지 모르겠으나, 오랜 기간 다녔음에도 사회보험 가입

대상이 아니었다. 당시에는 일본에 사회보장제도가 정비되어 있지 않았던 데다 나도 아는 바가 없어서 신경 쓰지 않았다. 그런데 일하기 시작한 지 4~5년이 지났을 무렵, 새로 입사한 사람이 노사관계에 밝은 여성이라 회사에 여러 번 "고용보험과 국민연금에 가입되어 있지 않은 건 이상하다"며 호소한 덕분에 풀타임 파트타이머였던 나도 이후 4년 동안은 국민연금에 가입될 수 있었다. 행운이었다.

30년이 흐른 지금, 그 여성의 용기와 행동에 진심으로 감사하고 있다.

그 후 43세에 계약직으로 들어간 작은 화장품 회사에서는 당연히 국민연금에 가입되었다. 2년 후에 정규직이 된 기간을 합쳐 57세에 퇴직할 때까지 13년 동안 보험료를 냈다.

퇴직연금은 회사에서 가입해주는 것이다. 국민연금을 10년 이상 내면 거기에 더하여 받을 수 있는 구조로 되어 있다. 이 퇴직연금이 한 달에 50만 원 나오기 때문에, 정년 전인 57세에 퇴직해도 어떻게든 생활을 꾸려갈 수 있겠다고 예상할 수 있었다. 퇴직연금이 없었다면 퇴직금을 꽉 채워 받을 때까지

50대 무렵부터 연금 예상 수령액이 기재된 우편을 확인하고 있다. 퇴직연금 지급 통지서도 매번 온다.

회사에 남으려고 했을 것이다.

그런 의미에서도 퇴직연금은 싱글인 내게 구세주 같은 존재다. 누구에게도 기대지 않고 살아갈 수 있는 버팀목이 되어주기 때문이다.

노후에 필요한 자금은
사람마다 다르다

노후자금으로 2억 원, 아니 그 이상이 필요하다고 뉴스에서도 야단인데 실제로는 어떨까? 나는 혼자이고 노후에 얼마가 들지 관심은 있지만, 남은 남이고 나는 나다. 생활 방식도 각자 다르고 건강한지 아닌지, 어디에 사는지에 따라서도 필요한 자금이 다를 텐데, 일률적으로 2억이 필요하다니. 나는 그런 모호한 정보에는 귀를 기울이지 않기로 했다.

물론 노후 대비책은 필요하다고 생각하지만, 나는 살 집도 있고 주택자금 대출금 같은 빚도 없다. 매월 생활비는 120만 원으로 꾸려가기로 정해놓았기 때문에 마음이 아주 편하다.

지금은 파트타임으로 주 4일, 오전 10시부터 오후 4시까지 일하고 있어서 매달 70~80만 원을 받는다. 여기에 퇴직연금을 더하면 120만 원이 되므로 생활비를 조달할 수 있다.

그렇기는 해도 현재 예비비에서 지출하는 돈과 앞으로 아프거나 다쳤을 때를 위한 목돈이 필요하다. 부족한 금액을 어림잡아 매달 20만 원씩 20년 동안 필요할 것으로 가정하여, 정규직을 그만둘 때 받은 퇴직금의 절반을 노후자금으로 저금해놓았다.

65세에 국민연금을 받게 되면 일로 버는 수입이 없더라도 지금의 생활비와 거의 비슷한 금액이 된다. 그렇게 계산했더니 지금처럼 심플한 생활을 계속한다면 어떻게든 꾸려갈 수 있을 듯하다.

또 당분간 파트타임 일을 그만두지 않을 생각이니, 그 급여는 전부 저금할 수 있을지도 모른다.

무리가 되지 않는 선에서
조금씩이라도 저금한다.

예비비를 만드는 것이
나답게 살림을 꾸리는 비결이다

나는 매달 드는 생활비와 목돈인 저금과는 별도로 예비비를 준비해둔다. 57세에 퇴직했을 때 받은 퇴직금의 절반은 저금하고, 나머지 절반은 예비비로 정하여 언제든 자유롭게 쓸 수 있게 했다.

이 예비비가 있으면 매달 빠듯한 생활비로 살림을 꾸려도 마음에 여유가 생겨서, 절약이 고생스럽게 느껴지지 않는다.

풀타임 파트직으로 한 달에 120만 원 이상 급여를 받았을 때는 60세부터 받기 시작한 퇴직연금을 예비비로 쌓아두었다.

가전제품이 망가져서 새로 바꿔야 할 때나 수도관 밸브가 빠져서 물이 샐 때, 임플란트 관리 비용 등 일반 생활비로 조달할 수 없을 때는 이 예비비에서 꺼내어 쓴다.

시급한 지출 외에도 여행을 가거나 명절이나 연말연시 선물, 세뱃돈, 생일 선물 등의 이유로 지출해야 할 때는 예비비를 사용한다.

이 예비비가 있으면 평소의 심플한 생활에서 작은 사치를 누릴 수도 있다. 평소에는 검소하게 살지만, 가끔 떠나는 여행이나 조금 값나가는 쇼핑마저 포기하고 싶지는 않다. 그럴 때일수록 예비비를 효과적으로 사용한다.

손대지 않는 '저금'과 자유로이 쓸 수 있는 '예비비'를 나누어두면, 저금을 야금야금 까먹지 않아도 되니 안심이다.

예비비가 있으면 마음에 여유가 생겨서
절약도 즐거워진다.

큰돈이 드는 쇼핑은 예비비를 사용
하고 저금에는 손대지 않는다.

생활비는 지갑 2개로 나누어 넣고
현금으로 지출한다

57세에 파트타임 일을 시작했을 때는 실수령액이 100만 원 정도였다. 이 100만 원 중 수도료, 전기료, 가스비, 통신비, 아파트 관리비와 수선충당금, 재산세의 월부금 등을 합쳐서 고정비로 50만 원이 들었다. 그리고 식비 15만 원, 기타 35만 원으로 대략 나누었다. 하지만 생활비 100만 원으로는 역시 빠듯해서 적자인 달도 많았는데, 3년 뒤에 퇴직연금이 들어오고 다니던 회사가 바뀌면서 실수령액이 120만 원이 되었다. 그 후로는 고정비 60만 원, 식비 20만 원, 기타 40만 원으로 꾸려갈 수 있게 되었다.

식비 20만 원에는 친구들과 외식을 하거나 아들과 맛집을 찾아다니는 비용은 포함되지 않는다. 그런 식사비는 '기타'의 40만 원에서 꺼내어 쓴다. 같은 외식이라도 퇴근길에 훌쩍 카페에 들러 혼자 저녁을 먹을 때는 식비에서 사용한다. 사소한 부분이긴 하지만 누군가와 함께 식사를 했을 때는 즐거운 오락비니까 '기타'로, 매일 먹는 끼니는 '식비'라고 선을 그어두었다.

'기타'에는 외식 이외에도 옷을 사거나 두루마리 휴지나 세제 등의 소모품부터 화장품, 미용실 비용, 계절마다 장식하는 꽃 등 생활에 필요한 각종 잡비가 포함된다.

구분이 세세한 듯 보여도 실은 대략적이어서, 지출의 흐름을 한눈에 알 수 있도록 고정비는 자동이체되는 계좌에 남기고, 현금은 식비와 기타 용도로 구분하여 지갑 2개에 나누어 넣는다.

검은색 가죽 손지갑에는 매달 첫날에 40만 원을 넣는다. 캐멀색 지갑에는 마찬가지로 첫날에 20만 원을 넣어서 한 달 살림을 시작한다. 평소에는 검은색 지갑 하나만 갖고 다니고, 식비용 지갑은 집에 둔다.

예를 들어 전철역 앞에 있는 슈퍼마켓에서 2만 5,000원어치 장을 봤다고 하자. 그러면 집에 돌아와 사용한 금액만큼 식비용 지갑에서 검은색 지갑으로 옮긴다. 이렇게 하면 중순 정도 됐을 때 '이번 달은 좀 많이 썼네'라든가 '여유가 있으니 쟁여둘 수 있는 냉동식품을 사두자'라고 나름대로 계획할 수 있어서 좋다.

이런 방식으로 살림을 꾸려서 지금까지 예산을 초과한 적이 거의 없다. 지갑에 돈을 넣어두면 잔액이 보이기 때문에, 어떻게 절약할 수 있을지 궁리하게 된다.

월말에 지갑을 확인해보고 빡빡하겠다 싶으면, 좋아하는 과자를 사지 않거나 냉장고에 쟁여둔 음식으로 요리를 한다. 매달 조금 남는 금액은 다음 달로 이월한다. 요즘은 카드나 핸드폰으로 결제하는 것이 이득이라고들 하지만, 내게는 지갑 2개로 살림을 꾸려가는 방식이 딱 알맞다.

돈이 눈에 보이면 자연스레 낭비가 없어진다.

반으로 접은 지폐와 카드 4장이 담긴 검은색 이탈리아산 가죽 지갑. 식비를 넣은 캐멀색 지갑은 늘 책상에 있다. 검은색 지갑에서 식비를 쓰고 나면 이 지갑에서 꺼내어 채운다.

광열비는 매달
블로그에 공개한다

고정비 중에서도 계절에 따라 유동적인 것이 수도료와 전기료, 가스비, 즉 광열비다. 별거한 뒤 처음 살았던 원룸은 월세에 수도료가 포함되어 있어서 신경 쓰지 않았지만, 지금 사는 아파트는 신경을 쓰지 않을 수 없다. 매일 큰 욕조에 물을 받으면 수도료와 가스비가 껑충 뛰기 때문에, 평소에는 샤워만하고 한겨울 추운 날이나 휴일에 느긋하게 쉬고 싶을 때 욕조에 물을 받는다.

수도료와 전기료, 가스비는 매달 얼마나 나왔는지 블로그에 공개하고 있다. 이 '광열비 공개'는 블로그 방문자의 반응도

뜨겁고 절약하는 지혜를 댓글로 달아주는 분도 있어서 여러모로 도움이 되었다.

계절에 따라 들쭉날쭉하지만, 대체로 예산에 맞도록 다 합쳐서 한 달에 10만 원이 넘지 않게 사용하고 있다.

그때그때 블로그에 광열비를 공개하면 절약을 위한 자극이 되고 살림 기록도 되기 때문에 앞으로도 계속 공개할 생각이다.

부지런히 전원을 끄고 다니는 것도 절전이고 절약이지만, 정해진 예산에서 꾸려나가려면 얼마만큼 썼는지를 파악해야 동기 부여가 된다.

세세하게 숫자를 기록하지 않더라도 돈의 흐름을 파악하려고 신경을 쓰고 있다.

광열비가 얼마나 드는지 확인하여
절약에 참고한다.

가계부는 쓰지 않아도
쇼핑 메모는 남긴다

나는 결혼했을 때부터 가계부를 썼다. 가계부 쓰기가 청소나 요리처럼 집안일 중 하나라고 여겼기 때문에, 아무리 피곤해도 매일 밤 가계부 쓰는 것을 건너뛰는 일은 없었다.

친정어머니가 매일 밤 가계부를 상세히 쓰는 모습을 보고 자라서 그런지, 나도 자연스레 그렇게 된 듯하다. 가계부 쓰기는 42세에 별거한 뒤에도 계속되었다.

40년 가까이 가계부를 써서 좋았던 점은 돈의 대체적인 흐름과 나의 돈 쓰는 습관을 알 수 있다는 것이다. 정규직을 그만두고 파트타이머가 된 뒤에도 가계부를 계속 썼지만, 2년

주거래 은행은 고등학교 졸업 후 취직했을 때부터 줄곧 이용한 일반 은행과 우체국 은행 두 곳뿐이다. 신용카드는 교통카드 기능이 있는 것을 사용한다. 금융기관과 신용카드를 정리하여 돈의 흐름이 보이게 하는 것이 중요하다.

전에 주 5일에서 주 4일로 근무를 줄였을 때 큰맘 먹고 가계부 쓰기를 그만두었다.

이제 가계부를 상세히 쓰지 않아도 한 달에 120만 원으로 살림을 꾸릴 수 있기 때문이다. 생활비를 지갑 2개로 나누어 관리하면서, 가끔 예비비를 사용하여 소소한 호사를 누린다. 이런 내 생활은 가계부를 쓰는 것과 상관없이 변하지 않을 것이다. 그렇다면 가계부를 쓸 시간에 책을 읽거나 느긋하게 쉬는 편이 낫다고 생각했다.

그래도 어디에 썼는지, 무엇을 샀는지 나도 모르는 사이에 돈이 사라져버리는 건 싫으니까, 옷이나 가방의 가격이나 교제비를 언제 어디에서 썼는지만 간단하게 메모하기로 했다. 세세한 품목이나 합계 가격은 신경 쓰지 않고 나중에 봤을 때 알 수 있도록 대강 적는 것이다.

아울러 거래하는 금융기관이나 신용카드를 최소화하면 돈의 흐름을 알기 쉽다. 내가 거래하는 금융기관은 결혼하기 전부터 거래해온 일반 은행과 우체국 은행 두 곳뿐이다.

급여와 퇴직연금 등이 이체되는 통장은 일반 은행이고, 공과금이 빠져나가는 통장도 마찬가지다. 목돈 저금은 우체국 은행에 한다. 계좌가 여러 개 있으면 번잡해지기 쉽지만, 저축하는 계좌와 유동성이 있는 계좌를 나누어두면 한눈에 확인할 수 있어 편리하다.

내가 늘 갖고 다니는 지갑에는 반으로 접은 지폐, 구립도서관 대출카드, 드러그스토어와 슈퍼마켓의 포인트카드, 포인트를 쌓을 수 있는 제휴 신용카드, 면허증과 보험증이 들어있다. 은행의 현금카드는 갖고 다니지 않는다. 그래서 사람들에게 보여주면 지갑이 얇다고 다들 놀란다.

출퇴근은 정기권으로 하고, 다른 때는 교통카드 기능이 있는 신용카드를 사용한다. 애용하는 루이비통 카드지갑에는 교통카드와 만일을 대비한 전화카드, 그리고 만 원 지폐 한 장뿐이다.

가끔 지갑이 신용카드나 포인트카드로 가득 차서 터질 듯이 빵빵한 사람을 보게 된다. 정말 필요한 것만 두고 나머지는 정리하면 나한테 얼마가 있는지, 매달 얼마를 쓰는지, 얼마까지 써도 되는지를 쉽게 알 수 있다.

나도 결혼 전에는 신용카드로 한도액까지 쇼핑한 적도 있다. 하지만 요즘은 인터넷 쇼핑을 할 때 신용카드를 쓰더라도 사용한 액수의 현금을 지갑에서 바로 빼두고 어느 정도 모이면 출금 계좌에 넣어서 돈의 흐름을 파악한다.

돈의 흐름을 단순화하여 전체를 쉽게 파악한다.

갖고 싶은 물건 리스트를 만들어
충동구매를 막는다

소니아 리키엘의 접이식 우산, 캐시미어 스웨터, 길이 65센티
미터인 코트, 진주 귀걸이(18K로 장식이 흔들리는 스타일)…….

　내가 다이어리에 메모해놓은 '갖고 싶은 물건 리스트'다. 사
고 싶은 것을 충동구매하지 않도록 일단 리스트를 써두면 차
분히 생각할 수 있다.

　나는 패션도 좋아하고 빈티지 북유럽 가구나 잡화에도 관
심이 있어서, 인테리어 잡지나 웹사이트를 보고 있으면 '아,
이거 갖고 싶다!'는 물욕이 스멀스멀 부풀어 오른다. 그렇다고

사고 싶은 물건을 다 산다면, 아무리 예비비가 있다 한들 돈이 연기처럼 사라져버릴 것이다.

그래서 갖고 싶은 물건이 생겼을 때는 일단 다이어리에 메모한다. 브랜드와 제품 번호, 색상과 소재 등을 되도록 자세히 적고, 그다음에는 온라인 중고 장터에 나와 있는지 확인한다.

온라인 중고 장터에서 원하는 물건을 발견해도 바로 사지는 않는다. 우선 '좋아요'를 눌러두고 며칠 생각해본 뒤, 여전히 갖고 싶으면 다시 한 번 페이지를 열어본다.

갖고 싶은 물건 리스트에서 구입한 것은 앞부분에 '✓' 표시를 하고, 시간이 흘러 필요 없는 물건에는 '×' 표시를 한다. 그다음에 어디에서 얼마에 샀는지 메모해두고 앞으로의 쇼핑 기준으로 삼는다.

평소에는 심플하고 검소하게 생활하는 만큼, 쓸 때는 내 나름대로 마음껏 쓴다. 옷은 생활비로 사지만, 가끔 구입하는 멋진 가방이나 귀걸이는 예비비에서 쓴다.

최근 몇 년 동안 애용하고 있는 기초화장품도 무료 배송이 되도록 한꺼번에 8만 원 이상 사기 때문에 생활비로 사려면 예산을 초과할 때도 있다. 그때는 예비비에서 쓴다. 추석과 연말연시 선물, 여동생과 어머니, 이모, 친구의 생일에는 꽃 화분이나 화장품을 선물하는데, 이런 경조사비도 예비비를 사용한다.

또한 1년에 몇 차례 가는 1박 2일이나 당일치기 여행, 몇 년에 한 번 하는 해외여행도 예비비에서 예산을 짜기 때문에 호화롭지는 않아도 즐거운 여행을 즐길 수 있다. 여행지에서는 맛있는 것을 먹고, 내게 추억이 될 만한 선물도 한다.

4년 전에 파리를 여행했을 때는 한눈에 반해버린 쿠션 커버를 샀다. 지금도 소파에 놓여있고 파리의 거리를 떠올릴 수 있어서, 비쌌지만 사길 잘했다고 생각한다.

정말 갖고 싶은 것에 돈을 쓰면 만족도가 높다.

다이어리에 '갖고 싶은 물건 리스트'를 메모한다. 아이템, 색상, 특징, 예산 등을 메모한 리스트를 만들고, 구입한 것은 '✓' 표시를, 갖고 싶은 마음이 사라진 것은 '✕' 표시를 한다.

멋을 잘 내고 화장품도 잘 아는 여동생과
는 매년 생일 선물을 교환한다. 케라스타
즈 헤어 오일, 페이스 롤러 등 평소에 내
가 사지 않는 것을 받으면 기쁘다. 선물
비용은 예비비에서 지출한다.

국민연금 65만 원과 노령연금,
퇴직연금으로 노후 준비를 마치다

2021년 2월에 생일을 맞으면 65세가 된다. 드디어 국민연금을 받을 수 있는 나이이다. 국민연금 65만 원과 60세부터 받은 퇴직연금에 노령연금을 합치면 매달 130만 원 정도가 생긴다.

내가 한 달 생활비로 정한 120만 원에 부족하지 않은 금액이다.

물론 큰 병에 걸리거나 사고를 당한다면 계산이 틀어질 수도 있겠지만, 그건 그때그때 운에 달렸다. 그럴 때는 만약을 대비하여 저금해둔 노후자금을 쓰면 된다. 지나친 걱정은 오히려 스트레스가 되므로 이렇게나마 준비해와서 다행이라고 생각하기로 했다.

60세쯤 알아봤을 때는 연금의 합계 금액이 115만 원 정도였다. 이 금액을 미리 알고 있었기 때문에, 한 달에 120만 원으로 살아가면 어떻게든 되겠다고 생각하고 있었다.

이제는 사정이 더 나아졌다. 가계부 쓰기도 그만두었고, 파트타임 근무도 주 4일로 줄였으며, 지갑 2개로 살림을 꾸려갈 수 있게 되었다. 그래서 앞으로 연금만으로 생활하는 날이 와도 어떻게든 살아갈 자신감이 생긴 듯하다. 60세 후에도 일을 계속하여 국민연금을 내왔기 때문에, 최근에 다시 알아보니 수급액이 올라갔다.

65세 생일을 어떤 마음으로 맞이할지 아직 모른다. 한 가지 이야기할 수 있는 점은 국민연금은 지금까지 필사적으로 일해온 나에 대한 선물처럼 느껴진다는 것이다. 당연한 일일지 모르지만 감사한 마음이다.

> 연금을 얼마나 받을 수 있는지
> 미리 알아두는 것이 좋다.

제 4 장

멋 내기는 큰 즐거움이다

옷을 늘리지 않고 항상 입고 싶은 옷만 유지한다. 이것이 가능한 이유는 온라인 중고 장터를 효과적으로 활용하기 때문이다.

멋 내기의 즐거움

침대 머리맡에 있는 문을 열면 드레스룸이 나오는데, 이 공간은 내게 보물 상자 같은 존재다. 이곳에는 필요 없는 옷은 하나도 없고 전부 좋아하는 옷뿐이다. 어떤 아이템이 몇 벌 있는지, 어떤 옷을 함께 입으면 좋은지 전부 파악하고 있어서, 매일매일 옷을 고르는 재미가 있다. 거리를 다니는 사람들의 패션을 관찰하는 것도 좋아한다. 멋 내는 기분을 만끽하기 위해 전철로 출퇴근하는 편이 좋겠다고 생각했을 정도다.

　패션에 흥미를 갖게 된 것은 고등학교에 입학했을 무렵이다. 당시에는 미국 명문대생 차림새인 아이비룩이 유행이어서 체크 원피스를 입고 코인 로퍼를 신고 다녔다. 고등학교 3학년이 되었을 때는 슬슬 취직을 해야 하니 어른스러운 옷을 입자는 생각에 패션 잡지 『앙앙』을 읽기 시작했다.

『앙앙』은 나의 패션 선생님과 같은 존재였다. 옷을 맵시 있게 입는 법이나 명품의 존재도 모두 『앙앙』을 통해 배웠다. 특히 스타일리스트의 선구자인 하라 유미코 씨를 무척 좋아했는데, 당시 나는 하라 씨의 '내 사복 공개' 페이지를 보고 그녀의 패션을 동경했다. 하라 씨의 스타일은 유행을 좇지 않으면서도 상당히 멋졌다. 트위드 재킷을 캐주얼하게 소화하거나 그 안에 유행하는 아이템을 곁들이기도 하고 얼마나 멋있었는지 모른다. 루이비통도 『앙앙』을 통해 알게 되었다.

나의 첫 번째 루이비통은 19세에 산 숄더백이었다. 결혼 전까지 6년 동안은 월급 150만 원 중에서 30만 원만 부모님에게 드리고 나머지는 전부 용돈으로 썼다. 당시에는 신용카드를 갖고 있어서 옷이나 핸드백을 구경하다가 갖고 싶으면 그자리에서 사버리는 사치를 누렸다.

결혼 후에도 기저귀 가방은 루이비통이었다. 커다란 양동이 형태의 가방에 장난감과 기저귀, 갈아입힐 옷을 넣어 외출했다.

결혼하기 전에 보너스를 받을 때마다 샀던 루이비통 백은 중고 명품 가게나 온라인 중고 장터를 통해 대부분 처분했다. 하지만 커다란 보스턴백 하나만은 수선해서 갖고 있다. 그 가방은 『앙앙』에서 고바야시 아사미 씨(일본의 가수 겸 모델이자 배우-옮긴이)가 입생로랑의 트렌치코트를 입고 "대형 보스턴백을 일상적으로 사용한다"며 자연스럽게 어깨에 걸친 모습에 꽂혀서 따라 산 것이다. 당시 일본에는 루이비통 매장이 없던 때라, 백화점에서 열린 루이비통 행사장에서 판매한다는 걸 알고 바로 사러 갔다.

루이비통 보스턴백은 40세 무렵에 손잡이가 망가져서 사용할 수 없게 되어 수리를 맡겼더니 44만 원이나 들었지만 깔끔해져서 돌아왔다. 추억이 많은 이 루이비통 백을 65세부터 다시 들고 다닐까 한다.

좋아하는 것에는 에너지와 돈을 살뜰하게 쓴다.

옷이 전부 들어가는 드레스룸은
침대 머리맡 쪽에 있다. 19세에
『앙앙』에서 보고 한눈에 반해 산
루이비통 보스턴백은 추억이 많
아서 처분하지 못했다.

좋은 본보기가 되어준
〈섹스 앤 더 시티〉

나는 드라마 〈섹스 앤 더 시티〉를 무척 좋아한다. 지금 살고 있는 아파트로 이사했을 때가 40대였는데 그때 처음 봤다. 패션과 사랑, 인생과 여자의 우정을 그린 세계에 완전히 빠져들었다. 주인공 네 명이 각각 개성 있고 다들 좋았지만, 매력적이며 멋쟁이인 캐리에게 끌렸다.

빈티지한 옷을 맵시 있게 입은 패션을 보는 것만으로도 즐거웠고, 극 중에서 캐리가 착용한 말발굽 펜던트 목걸이를 갖고 싶어서 내게 어울리는 것을 찾아 손에 넣었다.

우리 집에 있는 낮은 테이블도 사실 캐리의 집에 있던 테이

블과 비슷한 모양을 찾아낸 것이다. 테이블 다리가 정중앙에서 사선으로 뻗은 디자인이어서 앉아도 다리가 걸리적거리지 않고 방이 넓어 보인다.

〈섹스 앤 더 시티〉는 케이블 TV에 가입하여 몇 번이나 보았다. 시즌 6까지 있는데, 한 시리즈가 끝나면 다시 처음부터 보기 시작할 정도로 점점 빠져들었다.

패션이나 유머가 흥미로울 뿐 아니라 몇 번을 봐도 울컥하는 장면이 있다. 캐리가 돌체앤가바나의 패션쇼에 출연하게 됐는데, 전달받은 옷이 란제리와 가운뿐이었다. 그런데도 캐리는 마음을 가다듬고 씩씩하게 런웨이를 걷지만, 도중에 요란하게 넘어지고 만다. 엄청난 실수에 행사장이 술렁거렸지만 캐리는 일어나서 웃는 얼굴로 런웨이를 걷는다. '보통 사람은 인생에서 넘어지면 다시 일어나서 계속 걸으니까'라는 독백과 함께. 이 대사가 당시 일에 치이던 내 마음 깊숙이 와닿아 눈물이 흘렀다. 이 장면은 몇 번을 봐도, 지금 봐도 내 마음에 포개어져 울컥하고 만다.

또 한 장면은 캐리가 늘 가던 카페에서 캐리의 애인이 약혼했다는 이야기를 누군가가 하기 시작했을 때다. 그 소식을 들은 캐리가 "그 사람은 생머리 여자를 좋아해"라며 자신의 곱슬머리 끝을 돌돌 말며 영화 〈추억〉의 주제가를 부르기 시작한다. 두 친구가 그 노래를 따라 부르며 열심히 합창한다. 나는 실제로 있을 법한 이 장면에서 한숨이 나왔다.

내가 〈섹스 앤 더 시티〉의 팬임을 알게 된 작은아들이 생일에 공식 가이드북과 영화가 개봉했을 때 나온 한정판 DVD를 선물해주었다. 너무나 기뻤고 지금도 거실 한쪽에 장식되어 있다.

〈섹스 앤 더 시티〉는 일에 지친 내게 특효약이나 다름없었다. 웃다가 좀 울다가 동경하다 보면 정말 큰 힘이 되었다.

블로그에 이 이야기를 썼을 때 "저도 팬이어서 뉴욕까지 가서 촬영지를 구경하고 왔을 정도예요"라는 댓글을 보고 반가워서 드라마를 다시 정주행했다.

책으로 만나든 영화로 접하든
자신이 동경하는 세계에서 배우는 것이 많다.

<섹스 앤 더 시티>의 이야기와 세계관을 무척 좋아했다. DVD와 공식 가이드북은 작은아들이 생일 선물로 준 것이다.

명품을 살 때는
온라인 중고 장터를 활용한다

내게 '야후 옥션'이 편리하다고 알려준 사람은 여동생이었다.

여동생은 야후 옥션이 출범했을 때부터 애용했는데, 내가 혼자 살기 시작한 42세 무렵이었던 것으로 기억한다.

나는 야후 옥션에서 옷과 핸드백뿐 아니라 가구나 잡화 등을 사고판 것이 800회쯤 된다. 4 : 1 정도의 비율로 산 편이 많으며, 필요 없어진 물건을 팔기도 했다. 지금 드레스룸에는 내가 좋아하는 옷만 있지만, 오래 입어 색이 바랜 옷이나 보풀이 생긴 옷은 처분하기보다 홈웨어로 입다가 그다음에는 버린다.

중고 거래 사이트인 '메리카리'에서는 사기만 한다. 메리카리의 시스템이 익숙하지 않아서 판매 방법은 아직 연구하고 있다.

야후 옥션과 메리카리는 각각 장단점이 있다. 야후 옥션은 낙찰될 때까지 가격을 모르고 결정될 때까지 며칠이 걸린다는 것이 단점이지만, 그래서 차분히 생각해볼 수 있다는 것이 장점이다.

메리카리가 생기기 전, 당시 정규직으로 일하며 업무에 치이는 나날을 보내던 내게는 야후 옥션에서 쇼핑하는 것이 스트레스를 발산하는 취미처럼 되어버렸다. 경매 방식이기 때문에 나도 모르게 상대 입찰자와 경쟁이 붙어서 가격이 점점 치솟는 것을 잊고 흥분했다가 실패한 적도 있었다. 메리카리의 장점은 원하는 물건을 바로 결제 및 구매할 수 있다는 것과 판매자가 많다는 점이다. 나는 갖고 싶은 물건이 있으면 우선 메리카리 사이트를 열고 검색해본다.

'아이템', '브랜드 이름', '소재', '미사용 혹은 사용감 거의 없음'과 같이 키워드를 입력하면, 판매자가 올린 사진과 설명이 리스트에 뜨므로 하나씩 읽어본다. 그리고 마음에 드는 물건이 있으면 '좋아요'를 누른다. 이렇게 해두면 언제든지 확인할 수 있어서 아주 편리하다.

요즘 내가 찾고 있는 것은 길이가 짧은 코트다.

'반코트', '캐시미어, 캐멀색, 알파카', '검정, 베이지', '미사용, 사용감 거의 없음'으로 조건을 좁힌 검색 결과를 찬찬히 비교해본다. 나는 대체로 업자가 아닌 개인 판매자를 선택하여 그 사람이 팔고 있는 다른 상품을 확인한다. 그렇게 하면 나와 취향이 비슷한지, 옷을 소중히 여기는 사무직 여성인지 등 판매자에 대해 판단하기 쉬워진다.

야후 옥션과 메리카리의 또 하나의 즐거움은 몇 년 전에 갖고 싶었지만 살 엄두를 내지 못했던 옷이나 핸드백을 다시 만날 수 있다는 점이다. 그것도 저렴한 가격에 말이다. 보물찾기 같은 이런 두근거림이 커다란 매력이다.

온라인 중고 장터를 이용하다 보면
현명한 쇼핑 요령을 터득할 수 있다.

가방과 액세서리를
골고루 다 사용한다

여자라면 다들 가방을 좋아하지 않을까? 루이비통에서 시작
된 이상적인 가방을 찾는 여행은 구찌, 프라다를 거쳐 지금은
포티오르라는 일본 브랜드의 보들보들한 산양 가죽 숄더백에
이르렀다.

출퇴근할 때는 온라인 중고 장터에서 산 마리메꼬의 소형
숄더백을 애용한다. 도시락과 물통은 별도의 작은 토트백에
넣어 다닌다.

젊었을 때는 디자인이나 브랜드에 끌렸으나, 요즘에는 가방
을 고를 때 기능성과 가벼움을 중요하게 본다.

① 바깥 주머니가 있는 것

② 위쪽에 지퍼가 달려 있는 것

③ 크로스로 맬 수 있는 것

④ 가벼운 것

나이를 먹으면서 이 네 가지 조건은 빼놓을 수 없게 되었다. 크로스로 맬 수 있으면 양손이 자유로워서 우산을 쓰거나 장을 볼 때도 편리하다. 바깥 주머니가 있으면 교통카드로 자동개찰구를 통과하기도 쉽고 스마트폰을 꺼낼 때 가방 안을 뒤지지 않아도 된다. 전철로 출퇴근하기 때문에 위에 지퍼가 달린 것도 양보할 수 없는 조건이다.

가방을 무척 좋아해서 예전에는 사고팔기를 반복했지만, 지금 옷장에 있는 가방들은 모두 마음에 드는 것뿐이다. 그래서 시간과 장소, 상황에 맞게 골고루 애용하고 있다.

늘 착용하는 액세서리는 귀걸이다. 18K의 후프 형태를 좋아하기 때문에 다 비슷한 디자인이지만, 여러 개를 갖고 있어서 입는 옷이나 기분에 맞추어 귀걸이도 바꿔 찬다.

또 한 가지 좋아하는 아이템은 목선을 예뻐 보이게 하는 18K 체인 목걸이다. 〈섹스 앤 더 시티〉에서 주인공 캐리가 말발굽 목걸이를 자주 하고 나왔는데, 그 목걸이가 너무도 인상적이어서 로망이던 다이아몬드 말발굽 목걸이를 샀다. 벨시오라라는 브랜드다. 매일같이 하고 다녔는데, 문득 목에 있는 주름을 생각하니 가느다란 줄이 어울리지 않는 것 같아 서랍 속에 잘 넣어두었다. 처분할까 생각하기도 했지만, 작은아들이 말발굽은 행운을 부르는 부적이니 지니고 있으라고 해서 그대로 간직하고 있다.

지금의 내게 어울리는 목걸이는 너무 가늘지도, 너무 화려하지도 않은 것이다. 발레스트라에서 심플하면서도 약간 개성적인 디자인의 목걸이를 40만 원이 안 되는 가격에 샀다. 열심히 살아온 나 자신에게 주는 선물이라 생각하고 큰맘 먹고 예비비에서 지출했다.

필요 없는 것은 처분하고
즐겨 애용하는 것만 둔다.

마리메꼬의 검정 배낭 '버디'는 짧은 여행을 가도 될 만큼 수납공간이 넉넉한 편이다. 가방은 거의 검정으로 통일하고 있다.

마리메꼬의 '마이 띵스'. 보기보다 수납이 많이 되며, 깔끔해서 출퇴근에 딱 맞는다.

부드러운 산양 가죽으로 만든 포티오르 백. 쓸수록 멋이 나서 길들이는 즐거움도 있다.

키플링 배낭은 코디에 포인트를 줄 때 사용한다. 가벼운데도 많이 들어간다.

레스포삭은 무늬가 멋지다. 자전거를 타거나 목욕탕에 갈 때 애용한다.

귀걸이는 항상 한다. 귓가
에서 흔들리는 후프 형태
의 18K를 좋아한다. 스타
주얼리와 아갓트의 귀걸
이가 많다. 진주 귀걸이는
관혼상제용으로 30년째
사용하고 있다.

<섹스 앤 더 시티>에서
캐리가 말발굽 목걸이를
2개 하고 있는 모습을 보
고 따라 샀다. 왼쪽은 발
레스트라의 18K 체인 목
걸이로, 나 자신에게 주는
선물로 샀다.

세미 롱스커트는 멋과 편안함을
동시에 누릴 수 있는 아이템이다

몇 년 전까지만 해도 영업 사원 시절의 복장에서 벗어나지 못해 무릎길이의 심플한 치마를 자주 입었다. 그렇게 입어야 단정해 보이고 나답다고 여긴 것이다. 그런데 3년 전 여름의 일이었다. 나는 원래 땀을 많이 흘리는 체질인데다, 축축한 습기 탓에 땀이 비 오듯 흘렀다. 무릎길이의 타이트스커트를 맨다리로 입는 것은 곤란하다. 여름에는 망사 스타킹을 애용하긴 하지만, 그래도 더위를 견딜 수 없어서 맨다리에 입을 수 있는 세미 롱스커트를 사보았다. 어찌나 시원한지, 맨살이어서 무덥지도 않고 바람이 살살 통해서 기분이 좋았다.

그때부터 세미 롱스커트에 꽂혀서 하나하나 사들였고 무릎 길이의 스커트는 처분했다. 지금은 겨울용으로 마련한 세 벌과 봄·여름용으로 마련한 다섯 벌을 돌아가며 입는다. 길이는 이것저것 입어본 결과 75센티미터 전후가 실루엣이 예쁘다는 걸 알았다. 허리에 잔주름을 잡은 개더스커트는 허리 부분이 너무 풍성해서 살이 쪄 보이기 때문에 별로다. A라인의 주름이 적은 플레어스커트가 내 패션의 정석이 되었다.

그렇게 정하고 나자 중고 거래 사이트에서 확인할 때도 편하고, 잘 이용하지 않는 오프라인 상점에도 눈길이 가지 않는다.

세 벌뿐인 겨울용 스커트 중 하나는 앞부분의 절반만 주름이 달린 연회색 스커트로 질 샌더 제품이다. 또 다른 하나는 베이지색 체크무늬의 막스마라 스커트인데, 겨울 패션의 정석이라 할 수 있다. 스커트 길이가 길어지면서 구두도 바뀌었다. 그 전에는 플랫 슈즈를 신었지만, 이제는 운동화 굽이 달린 가죽 재질의 레이스업 슈즈가 많아졌다.

좋아하는 스타일과 사이즈를 알면,
쇼핑이 훨씬 쉬워진다.

세미 롱스커트

체크 스커트는 막스 마라 제품으로, 착용
감이 좋은 알파카 스웨터와 함께 입는다.

질 샌더 스커트는 실루엣이 예쁘다. 버버
리의 캐시미어 니트와 잘 어울린다.

운동화 굽으로 된 가죽 신발을 자주 신는
다. 매킨토시와 풋 스타일 제품을 애용하
며, 색깔별로 갖추고 있다.

이 리넨 스커트를 계기로 세미 롱스커트
로 갈아탔다. 맨다리로 입을 수 있어서
봄 · 여름에 잘 입는다.

스트라이프의 매력

스트라이프 티셔츠는 심플한 패션의 정석이다. 젊을 때부터 자주 입었는데, 질리지 않는 영원한 아이템이다.

내 옷장에는 스트라이프 아이템으로 니트와 티셔츠가 세 벌, 튜닉이 세 벌 있다. 마가렛 호웰의 캐주얼 라인인 MHL의 스트라이프가 마음에 들어서, 스트라이프의 간격이 미묘하게 다른 티셔츠를 다른 색으로 두 벌 샀다. 톡톡한 재질의 바스크 원단인데, 목선이 너무 파이지도 않고 답답하지도 않다. 검정 스트라이프는 약간 빛바랜 색을 좋아해서 그야말로 딱 내 취향이다.

예전에 즐겨 입던 무지의 스트라이프 티셔츠와는 착용감도 다르고 실루엣도 다르다. 날씬한 체형이라면 무지의 옷으로도 괜찮겠지만, 허리 주위에 살이 붙은 만큼 같은 스트라이프여도 맵시가 예쁜 옷을 고르려 한다.

스트라이프 아이템은 캐주얼한 패션에는 물론 재킷 안에 입어도 돋보이기 때문에, 나도 모르게 손이 자주 간다. 몇 벌이나 갖고 있는데도 어느새 스트라이프에 눈이 가서 갖고 싶은 물건 리스트에 추가하곤 한다.

최근에 구입한 스트라이프 아이템은 몇 년 전에 일본에서 철수한 소니아 리키엘의 니트다. 목둘레선에는 검은 스팽글이 장식되어 있고, 가슴과 허리 부분에 다른 색의 스트라이프가 있는 디자인이어서 한눈에 반했다. 합성섬유 소재라 한겨울에는 추울지 몰라도 이 귀여운 디자인은 당해낼 수 없다.

소니아 리키엘은 무척 좋아하는 브랜드여서 장우산과 접이식 우산도 샀다. 이 우산들도 스트라이프 패턴으로 되어 있다.

티셔츠 외에도 갸를리 비의 캐시미어 니트를 갖고 있는데, 감촉도 좋고 스트라이프 모양도 근사해서 이 한 벌만으로도 주연급이다. 면으로 된 티셔츠는 오래 입어서 낡으면 홈웨어로 사용하기 때문에, 내가 집에서 입는 옷은 죄다 스트라이프다. 정말 좋아하는 옷은 오래 입어 낡아도 애착이 간다.

옛 앨범을 정리했을 때 발견한 사진이 한 장 있다.

기저귀를 찬 작은아들과 팬티 하나만 걸친 큰아들을 양손에 붙잡고 해변을 걷고 있는 28세의 내 모습을 볼 수 있었다. 아이들에게 태어나서 처음으로 바다를 보여주었을 때였는데, 당시 내가 입고 있던 옷이 스트라이프 티셔츠였다. 네이비와 화이트 스트라이프가 어우러진 그 티셔츠 한 장이 내 스트라이프 패션의 시작인 듯하다.

지금은 네이비와 화이트의 조합, 블랙과 아이보리의 조합으로 된 아이템만 갖고 있지만, 젊었을 때처럼 세련된 붉은색과 베이지의 조합으로 된 스트라이프도 다시 한 번 입어보고 싶다.

세세한 부분을 철저하게 확인하여
마음에 드는 것을 찾는다.

스트라이프

- - - - -

소니아 리키엘의 니트는 목둘레선에 스
팽글이 달려 있고 9부 소매가 멋있다.

갸를리 비의 캐시미어 니트는 스트라이프
모양이 특색 있어 멋지게 입을 수 있다.

긴팔은 바스크, 반팔은 니트 원단이다.
MHL의 스트라이프 티셔츠는 이상적이다.

8부 소매는 오르치발 제품이고, 반팔은
그린 라벨 릴렉싱 제품이다.

캐주얼한 평상복은
바지와 레깅스가 정석이다

출근할 때는 치마를 입는 만큼 집에서 쉬거나 자전거를 타고 외출할 때는 바지와 튜닉으로 캐주얼하게 입는다. 이것 역시 온(ON)과 오프(OFF)의 전환일지도 모른다.

색상은 무난한 흰색과 검은색을 선호한다. 바지는 자라나 유니클로, 시마무라 등 패스트 패션 브랜드 중에서 신축성이 뛰어난 스트레치 소재의 스키니 형태를 고른다.

나는 바지를 고를 때 반드시 입어보고 힙 라인과 허리둘레를 확인한다. 바지를 입어보지 않고 온라인 쇼핑으로 살 용기는 없다.

유니클로의 레깅스는 세일할 때 여러 벌 사서 쟁여놓을 때도 있다.

허리둘레와 허벅지를 숨겨주는 튜닉과 스키니 바지를 코디하여 입는 것이 내 평상복 스타일이다. 이렇게 정해두면 뭘 입을지 고민하거나 망설일 필요가 없어진다.

검은색 레깅스도 흰색 스키니 바지도 요즘의 유행과는 조금 동떨어질지도 모른다. 하지만 나는 이 스타일을 좋아하고 편하기도 해서 별로 신경 쓰지 않는다. 입고 싶은 옷을 입는 것이 가장 좋다.

레깅스나 바지의 색이 바래거나 흐물흐물해지면 새로 사야 할 타이밍이다. 늘어난 평상복은 바로 버리지 않고 집에서 입는다.

옷을 어떻게 조합할지 패턴을 정해두면
옷 고르기가 편하다.

튜닉과 스키니 바지

캐멀색과 검은색이 조화로운 얼룩말 무늬의 튜닉은 정말 마음에 들어서 세 번째 구입했다.

캐멀색 니트 원피스는 이에나 제품으로, 색상도 형태도 모두 마음에 든다.

아이보리색 바탕에 남색과 회색의 레오파드 무늬가 세련된 마리메꼬 제품이다.

마리메꼬의 짧은 튜닉은 면 소재이며 안감이 달려 있다. 지나치게 선명하지 않은 색감이 매력적이다.

원피스의 매력을
재발견하다

예전에는 상하의를 이리저리 조합하여 입으려고 각각 샀는데, 재작년 여름부터는 젊었을 때처럼 원피스를 다시 입게 되었다.

첫 번째 원피스는 집 근처 상가에서 산 폴리에스테르 소재에 길이가 무릎 아래로 떨어지는 네이비 원피스였다. 이 원피스는 카디건을 걸치면 봄부터 입을 수 있다.

두 번째 원피스는 작년 여름에 샀는데, 청회색 바탕에 흰색 스트라이프가 가늘게 들어가는 시마무라 제품이다. 직선에 가까운 실루엣과 허리 부분을 자유자재로 묶을 수 있는 점, 그리고 면 소재가 마음에 들어서 샀다.

또 다른 것으로 오 갸르송이라는 브랜드의 두꺼운 마 원피스가 있는데, 이 원피스는 프랑스 교외에 있는 공장 작업복에서 영감을 받은 디자인에 끌렸다. 젊은 층을 대상으로 하는 브랜드지만 색상과 소재, 길이를 잘 선택하면 나이 든 사람도 맵시 있게 입을 수 있다.

초가을에 산 검은색 바탕에 흰색 물방울 무늬가 들어간 원피스도 있다. 이 원피스만 따로 입기도 하고, 청재킷과 함께 입을 때도 있다. 소재는 폴리에스테르다. 나는 땀이 많이 나는 편이라 여름옷을 고를 때는 땀자국이 눈에 띄지 않고, 감촉이 좀 좋지 않더라도 땀에 들러붙지 않는 폴리에스테르 원피스를 선호한다. 원피스는 아침에 분주할 때나 옷을 어떻게 코디해야 할지 고민될 때 간편하고 완성도 있게 입을 수 있다.

63세 여름에 원피스의 매력을 재발견했으니, 앞으로는 원피스도 함께 어울리는 드레스룸을 만들어 가야겠다.

취향은 늘 바뀐다.
패션이 진화하니까.

원피스

흰 물방울 무늬가 어른스러운 검은색 원피스는 봄과 초가을에 자주 입는다.

네이비 원피스는 땀자국이 눈에 띄지 않는 점이 마음에 든다.

오 갸르송은 20대를 대상으로 하는 브랜드지만 개의치 않는다.

가는 스트라이프의 셔츠 원피스는 시마무라 제품이다. 단정한 느낌이 난다.

나만의 패션 원칙을 바탕으로
패스트 패션 브랜드의 장점을 취한다

젊을 때부터 패션에 돈과 열정을 실컷 쏟았기 때문인지, 싸다고 해서 패스트 패션에 혹하지는 않는다. 많은 옷을 입어왔기에 이제는 좋아하는 옷을 오래도록 입고 싶다.

유니클로나 자라 같은 패스트 패션 브랜드 제품은 한 시즌만 입을 생각이라면 디자인도 좋고, 무엇보다 가격이 매력적이다. 20대의 모델 체형인 사람이 맵시 있게 소화하면 유니클로도 자라도 멋지다고 생각한다. 하지만 60대 중반인 여성이 머리부터 발끝까지 패스트 패션으로 코디하면, 실루엣이 어울리지 않거나 소재나 봉제가 신경 쓰이기 마련이다.

다만 패스트 패션 제품 중에서도 자주 입어서 시즌마다 계속 사두는 아이템도 있다. 심플한 레깅스와 집에서 입는 바지 등이 그렇다.

나는 유니클로 제품을 고를 때 기능성을 중시한다. 맨살에 입어도 기분 좋은 브라톱이나 히트텍, 바지에 치마의 장점을 살린 가우초 바지는 그런 면에서 뛰어나다.

유니클로의 명품이라고 여기는 아이템은 가볍고 보온성이 우수한 울트라 라이트 다운재킷이다. 다만 내가 좋아하는 것은 몇 년 전 모델인데, 조절하는 끈이 달려서 실루엣을 살릴 수 있는 타입이다.

90세 어머니가 내가 입은 모습을 보고 마음에 들어 하셔서 내 것은 어머니께 드리고, 나는 온라인 중고 장터에서 다시 샀다.

나이가 든 만큼 패션에도 나만의 원칙이 있다.

옷을 사기 전에 예산을 정해서
과소비하지 않도록 한다

젊을 때는 스타일리스트나 쇼윈도 디스플레이어가 되고 싶었을 정도로 패션을 좋아했다. 많은 옷을 입어본 덕분인지 내게 어울리는 스타일이나 필요한 아이템은 이미 알고 있지만, 이 나이가 되어도 아직 패션에 대한 열정과 물욕이 있기에 돈을 절약하기 위해서 아이템별로 예산을 정해두었다.

치마와 니트는 5만 원까지, 여름옷은 3만 원, 코트는 20만 원 정도 한도를 정해서 갖고 싶은 물건과 예산을 리스트로 작성한다. 이렇게 하면 차분하게 생각할 수 있어서 옷을 살 때 낭비를 하거나 실패하는 일이 거의 없다. 다만 정말 마음에 드는 옷이 있다면, 사지 않은 걸 후회하지 않기 위해 예산을 초과할 때도 있다.

젊을 때는 쇼윈도에 걸린 원피스를 보고 한눈에 반해 그 자리에서 카드로 결제했으니, 변했다면 변했다고 할 수 있다. 그런 경험을 거쳐 실패를 많이 해본 결과라고나 할까. 요즘도 새 옷을 사면 두근거리는 마음은 여전하다. 중고 옷을 샀을 때는 세탁하고 보풀 제거기로 깔끔하게 다듬어 옷장에 넣는다.

메리카리 등 중고 거래 사이트에서는 브랜드로 아이템을 좁힐 때가 많다. 브랜드마다 조금씩 다른 사이즈는 오프라인 매장에서 확인하거나 내가 가진 옷의 사이즈와 비교하면 같은 38사이즈라도 작은지 큰지 바로 알 수 있다.

메리카리에서는 값을 깎는 흥정도 커뮤니케이션이다. 구입할 생각으로 "○○원 할인 가능할까요?"라고 글을 남기면 대체로 그렇게 해준다. 메리카리는 해외의 벼룩시장에서 힌트를 얻어 만들어졌기 때문인지 흥정이 당연한 분위기인 듯하다.

정말 마음에 드는 옷은
예산을 초과해도 괜찮다.

제 5 장

생활 속 작은 지혜와 아이디어

쓸데없는 돈은 쓰지 않는다. 청소에 시간을 들이지 않는다. 마음에 드는 물건을 만날 때까지 시간을 들여 찾는다. 내 나름의 원칙을 소중히 여긴다.

심플한 집이어도
화초가 있는 생활이 좋다

내가 블로그를 시작하기 훨씬 전의 일이다. 인테리어와 정리 정돈에 흥미가 있어서 멋진 집에 사는 사람의 블로그를 몇 개 둘러보았다. 그때 '미니멀리스트'라는 말을 접했고, 심플한 생활을 동경하던 나는 미니멀리스트의 집에 매료되었다.

그런데 그때 깨달은 사실이 하나 있었다.

미니멀리스트의 집에는 관엽식물도 없었고 계절 꽃을 장식한 화병도 없었다. 그 사실을 알고 나서 '난 미니멀리스트는 될 수 없겠다'고 마음을 고쳐먹었다.

내가 사는 집에는 창문이 많아서 채광이 좋다. 친구가 이사

창가에는 마다가스카르재스민이 덩굴
을 뻗고 있고, 이사 축하 선물로 친구
가 준 유카 나무는 작년 가을에 작은
싹이 나서 10센티미터 넘게 자랐다.
집 안에 식물은 빼놓을 수 없다.

를 축하한다며 유카 화분을 선물해주었는데, 지금도 건강한 잎이 무성하다.

그리고 반갑게도 뿌리에서 작은 싹이 나는가 싶더니 점점 자랐다. 키운 지 18년 만에 처음 틔운 새싹이다. 지금은 미니어처처럼 귀엽지만, 얼마만큼 자랄지 기대된다.

창가에는 매달아 놓고 키우는 마다가스카르재스민이 있고, 부엌의 작은 창에도 선인장과 시클라멘, 화병에 꽂아둔 꽃이 장식되어 있다.

화병에 꽂아둔 꽃은 슈퍼마켓에서 파는 2,500원짜리 떨이 상품이지만, 나무랄 데 없이 예쁘다. 사람들에게 받은 화초도 오래 즐기려고 도자기 화분으로 분갈이했다.

이렇듯 빠듯하게 살림을 꾸려가면서도 화초와 어우러진 생활을 즐기려 한다.

돈 대신 수고를 들여
집에 식물이 끊이지 않게 한다.

그때그때 조금씩 청소하면
집을 깨끗이 유지할 수 있다

방 하나짜리 구조인 우리 집은 칸막이를 허물고 원룸 형태로 만들어서 살림이 한눈에 다 보이기 때문에, 정리나 청소를 게을리하면 마음이 편치 않다.

그렇다고 매일 청소기를 돌리거나 바닥을 반짝반짝 윤내기는 귀찮다.

그래서 나는 얼룩이 생기면 바로 닦고 먼지가 쌓이기 전에 밀대로 미는 방식으로 청소를 한다.

눈에 띄는 대로 바로 얼룩과 먼지를 제거해주면 청소기를 돌리는 본격적인 청소는 일주일에 한 번만 해도 집을 깨끗이 유지할 수 있다.

언제든 바로바로 청소하려고 청소 도구의 위치를 각각 정해 두었다.

옷장 입구 근처에는 밀대를 두었고, 텔레비전 뒷벽에 고리를 달아 먼지떨이를 걸어놓았다. 청소기는 방 한쪽 구석에 있는 작은 공간에 두었다가 일주일에 한 번 꺼내어 쓴다. 집이 깔끔하게 보이려면 바닥이나 테이블, 침대 옆에 쓸데없는 물건을 두지 않아야 한다. 청소할 때 물건을 치워야 하는 번거로움을 없애는 것이 중요하다. 나는 러그를 좋아해서 인테리어의 포인트로 삼고 있는데, 지저분해지기 쉬우므로 텔레비전을 보면서 수시로 롤 테이프 클리너로 먼지를 제거한다.

청소를 좋아하지 않는 내가 깔끔한 집에서 편히 지낼 수 있는 이유는 사용한 물건을 늘 제자리에 갖다 놓기 때문이다. 그리고 그때그때 조금씩 청소하고 청소 도구의 위치를 정해놓은 덕분일지도 모른다.

집을 그때그때 조금씩 청소하고
작은 청소 도구로 언제나 깔끔하게 유지한다.

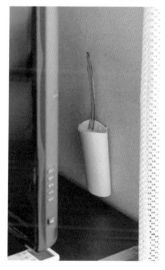

먼지를 발견하면 바로 치울 수 있게 옷장
에는 밀대, 텔레비전 뒤에는 먼지떨이를 두
었다. 청소기는 넣어두지 않고 눈에 보이는
곳에 두었다.

천원숍을
지혜롭게 활용한다

'싼 게 비지떡'이라는 속담이 있지만, 천원숍에는 유혹이 가득하다. 1,000원이라는 저렴한 가격 때문에 이것저것 장바구니에 넣었다가 집에 돌아와 후회한 적도 있다.

　요즘은 천원숍에 갈 때도 필요한 물건, 사고 싶은 물건을 메모해 간다. 그렇지 않으면 어느새 쓸데없는 물건까지 사버리니 말이다.

　천원숍에서 매년 사는 것은 다이어리와 탁상 달력이다. 정규직 영업 사원일 때는 두꺼운 시스템 다이어리를 애용했지만, 지금은 파트타이머니까 관리해야 할 일정이 없다. 대부분

건강검진 예약이나 친구들과의 약속, 아들과 목욕탕 돌기 등 개인적인 일정이어서 얇은 수첩이 딱 적당하다.

부엌에서 쓰는 모노톤의 스펀지 수세미, 가장자리가 레트로 핑크색인 레이온 소재의 행주는 쟁여둔 것을 다 쓸 때쯤 사서 채워둔다.

한때 북유럽풍 무늬의 회색 행주를 발견하고는 예쁘니까 한 꺼번에 여러 개 산 적이 있다. 그런데 한 번 빨았더니 가장자 리가 풀어져버리는 바람에 다시는 안 사겠다고 생각했다. 원 래 쓰던 레이온 행주가 멋스럽지는 않아도 얼마나 튼튼하고 좋은 물건인지 잘 알게 되었다.

내 생활에 딱 맞은 또 다른 천원숍 물건으로 미니 사이즈 조 미료가 있다. 처음에는 천원숍에서 조미료를 사는 게 망설여 졌지만, 유명 브랜드의 친숙한 상품이 크기만 작을 뿐이어서 안심했다. 혼자 사는 내가 마요네즈를 보통 사이즈로 사면 유 통기한 안에 다 먹을 수 없다. 그런 불만을 천원숍 조미료가 해결해준 것이다. 간장과 카놀라유, 멘쯔유(소바용 맛간장 - 옮긴 이)도 미니 사이즈가 우리 집 부엌 서랍에 딱 맞기 때문에, 조 미료를 한데 모아 수납할 수 있어서 정말 편하다.

이 외에도 석쇠, 도마, 조리용 젓가락, 감자 칼 등 우리 집 부엌에 있는 필수 조리 도구는 천원숍에서 산 것들이 즐비하다. 모두 매일 사용하는 것들이어서 정말 도움이 된다.

1,000원은 아니지만, 방재 도구로 구입한 3,000원짜리 랜턴(휴대용 석유등)은 멋지면서 실용적이다. 우연히 발견한 진귀한 물건으로, 텔레비전 선반에 놓아두었다.

지인이나 블로그 독자가 알려줘서 접하게 된 천원숍 상품은 절약하며 사는 매일의 생활을 조금이나마 편리하고 풍족하게 해준다.

천원숍이기에 더더욱 좋은 물건을
선별하는 눈을 갖는다.

천원숍의 우수한 물건 중 하나가
돋보기다. 종류가 다양한데, 빨
간색이 마음에 들어서 이미 3개
나 샀다. 독서용은 침대 옆 테이
블에, 스마트폰용은 소파 가까이
에 두었다.

요리에는
수고를 들이지 않는다

아이 둘을 키우느라 웬만한 요리는 다 할 줄 알지만, 혼자 지내는 데다 나이가 든 지금은 매 끼니에 수고를 들이지 않는다. 맛있는 음식이 먹고 싶을 때는 전문가에게 맡긴다. 제철에 먹는 굴튀김도, 정찬 코스 요리도, 그리운 경양식도 주말에 찾아다니며 먹거나, 허물없는 친구나 아들들과 외식하는 편이 만족스럽다.

평소의 식사는 단순함의 반복이다. 점심 도시락은 삶은 달걀을 곁들인 샐러드로 준비할 때가 많다. 추울 때는 스테인리스 도시락통에 건더기가 많은 수프와 빵이나 주먹밥을 챙겨

간다. 식당에 보리차는 있어서 아이스티를 넣은 물통과 함께 회사에 가져간다.

저녁 식사는 토막 생선을 굽거나, 레토르트 햄버그스테이크를 데우거나, 야키소바나 샌드위치를 만들어 먹는다. 수고를 들이지 않고 한 달에 20만 원의 예산으로 꾸려가므로 고급 식재료를 살 수는 없다. 그래도 제철 채소나 해산물, 편리한 냉동식품을 잘 활용하여 균형 잡힌 식사를 하도록 신경을 쓴다.

냄비와 프라이팬, 부엌칼도 생활 잡화점이나 천원숍에서 저렴하면서도 사용감이 좋은 것을 발견했다. 가볍고 씻기 쉬우며 관리가 편한 주방 도구가 내게는 딱 좋다. 부엌 용품은 서랍식 수납공간에 들어갈 만큼만 유지하고 더 늘리지 않는다.

평소에는 요리에 돈도 수고도 들이지 않지만, 2주일에 한 번 큰아들이 우리 집에 놀러 올 때는 아들이 좋아하는 돼지고기가 듬뿍 들어간 된장국을 만들거나, 비프스튜나 어묵탕 등을 준비하여 엄마의 손맛을 맛보게 한다.

식생활을 융통성 있게 할 수 있다는 점은
혼자 살기에 가능한 특권이다.

식기 선반은 없다. 싱크대 아래에 있는 서랍식 수납공간에 식기를 두는데, 여기에 들어갈 만큼만 유지하면 물건이 늘지 않는다.

가스레인지 화구는 2개다. 생활 잡화점과 천원숍에서 산 1인용 냄비와 프라이팬이 무척 편리하다. 냉동실이 아래에 있는 냉장고는 아담하지만 혼자살이에 충분한 크기다.

오픈된 주방이어서 물건이 보이지 않도록 수
납에 신경을 쓴다. 부엌에 채광 좋은 창문이
있는 점도 이 집의 장점이다. 벽돌 모양의 벽
지는 천원숍에서 사서 직접 붙였다.

마음에 드는 그릇만
갖추어 놓는다

우리 집 부엌에는 식기 선반이 없다. 대신 싱크대 아래에 있는 수납공간에 북유럽을 대표하는 브랜드인 아라비아 핀란드와 이딸라 등의 컵과 받침 접시, 볼 등을 갖추어 놓았다.

4년 전 생일에 작은아들이 아라비아 핀란드의 파라티시(검은 꽃과 과일 모양)와 투오키오(코발트블루의 네모난 무늬) 컵을 선물해주었다. 예전에 가마쿠라에 있는 카페에서 투오키오 컵과 받침 접시를 보고 "진짜 예쁘다!"고 한 것을 기억해둔 모양이다.

그 선물을 계기로 파라티시 라인의 지름 14센티미터 접시 2개와 17센티미터 볼을 샀다. 거기에 투오키오 라인의 18센티미터 볼과 접시, 이딸라의 유리 볼을 추가했더니 이제 다른 식기는 필요 없을 정도다.

케이크를 담아도 화과자를 담아도 어울리고, 구운 연어나 레토르트 햄버그스테이크마저 이 그릇에 담으면 맛있게 느껴진다.

투오키오 볼은 남색 테두리 덕분에 파스타에 딱 어울린다. 라면이나 가락국수, 카레도 이 그릇에 담아 먹는다.

부엌의 식기 수납공간도 옷장처럼 전부 마음에 드는 물건만 있으며, 취향에 안 맞는 선물 받은 그릇이나 컵, 필요 없는 물건은 하나도 없다. 그래서 '어느 그릇에 담을까' 생각하는 것이 정말 즐겁다.

솔직히 요즘은 요리하는 것을 별로 좋아하지 않는다. 혼자 먹을 식사를 준비하는 게 귀찮을 때도 있다. 그럴 때도 좋아하는 아라비아 핀란드의 그릇에 담을 테니 '만들어 볼까' 하는 생각이 들기도 한다.

식기도 옷과 마찬가지로
좋아하는 것 외에는 소유하지 않는다.

맨 위 그릇부터 시계 방향으로 아라비아 핀란드의 투오키오, 단스크, 이딸라의 카스테헬미(회색 유리), 아라비아 핀란드의 파라티시.

21센티미터 접시에는 어떤 음식을 담아도 잘 어울리고 사용하기에 편리하다. 단스크도 3개 갖고 있다. 색상과 무늬, 크기를 통일하면 조화가 이루어진다.

작고 간편한 바느질 도구만 있으면
살림에 자신의 취향을 더할 수 있다

재봉틀이 없어서 커튼의 기장을 수선할 때나 베갯잇을 만들 때는 솔기를 신경 쓰지 않고 촘촘히 손바느질한다.

침실과 거실을 나누는 칸막이를 없앤 우리 집은 넓게 쓸 수 있는 반면 잠자리가 그대로 보이는 단점이 있다.

그래서 공간을 분리할 생각으로 찾아낸 것이 매우 얇게 짠 오건디 같은 소재의 이탈리아산 커튼이다. 커튼은 아주 근사했지만 외국산이라 그런지 길이가 너무 길었다. 그래서 아랫부분을 접어 감침질했다.

현관에서 방으로 이어지는 복도의 벽면에 있는 수납공간에는 수예 전문점에서 발견한 북유럽풍 꽃무늬 천으로 가리개를 만들었다. 그때 천이 조금 남아서 베갯잇도 만들었다.

커튼과 베갯잇 다음으로는 뚜껑을 여닫을 수 있는 책상인 뷰로 앞에 둔 등나무 의자의 커버를 만들기로 결심했다.

예전에 파울레 카의 실크 타이트스커트를 정말 좋아해서 자주 입었는데, 언제부터인가 허리가 꽉 끼어서 못 입게 되었다. 그냥 버리기도 그렇고, 좋아하던 옷이라 온라인 중고 장터에 팔기도 좀 그래서 보관만 하고 있었는데, 그 생각이 떠올라 의자의 쿠션 커버로 리폼을 했다.

뷰로는 야후 옥션에서 후쿠오카에 사는 판매자에게 낙찰받은 북유럽 빈티지 제품이다. 1950년대 물건이니 나와 동년배인 셈이다. 그 앞에 놓아둔 30년 된 등나무 의자에 앉을 때마다 미끄러지는 듯한 감촉과 옷이 스치는 소리에 기분이 좋다. 마음에 드는 의자와 리폼한 쿠션 커버를 볼 때마다 행복한 기분이 든다.

손바느질로 리폼을 하면
자신의 취향에 더 가까워질 수 있다.

재봉틀은 없지만 리폼을 하는 것을 즐긴다. 과
자 깡통에 바늘꽂이와 실, 바늘, 봉제 가위를
넣으면 작은 바느질함이 되는데, 이것만으로
도 충분하다.

방재 도구는 매년 점검하고
운동화는 침대 옆에 둔다

지진과 쓰나미, 태풍이나 홍수 등의 자연재해는 언제 어디서 일어날지 모른다. 만일의 사태를 대비하여 내 나름의 방재 도구를 커다란 배낭에 넣어서, 언제든 가지고 밖으로 나갈 수 있도록 드레스룸의 문 바로 뒤에 놓아두었다.

커다란 배낭은 근처 상점에서 산 것인데, 저렴하고 튼튼하며 주머니가 많다. 또한 방재 도구가 충분히 들어갈 만한 크기다. 배낭에는 2리터 생수와 두루마리 휴지 1개, 갈아입을 옷과 수건, 세면도구 일체, 가위, 건전지, 필기도구, 종이컵, 일회용 수저 등이 들어있다. 피난소에서 며칠 지내야 할 때를 가정하여 준비한 것이다.

 최근에 여기에 개인 정보를 써둔 메모를 추가했다.

 메모에는 연금증서 번호부터 주민등록번호, 건강보험증 번호, 통장 계좌번호, 두 아들과 여동생, 어머니의 전화번호를 써두었다.

 마음만 먹고 실행하지 않으면 계속 미루어질 것 같아 생각 난 김에 개인 정보 리스트를 단숨에 써내려갔다.

 피난할 때 발밑에 유리 파편이 있을 경우를 가정하여, 낡은 운동화를 침대 옆에 준비해두기도 했다. 부엌 뒤쪽의 수납 선반에는 수도나 전기가 끊길 때를 대비하여 음료수와 통조림, 즉석밥, 간이 화장실 등을 쌓아두었다. 유통기한은 매년 9월 1일과 3월 11일에 점검한다.

 부디 이 물건들을 사용할 날이 오지 않기를 바라며 준비한 것들이다.

혼자살이에 방재 도구는 필수다.
내용물 점검을 잊지 말도록 하자.

제 6 장

좋은 인간관계가 행복을 불러온다

혼자살이를 즐길 수 있는 것은 주변에 사람이 많기 때문이다.

새로운 만남을 즐기면서도 무리하지 않고 유연하게 남과 어

울리는 요령이 있다.

무뚝뚝하지만
마음이 통하는 두 아들

나에게는 30대 후반인 아들이 둘 있다. 둘 다 아직 미혼인데, 마음 씀씀이가 착하다. 큰아들은 현실주의자이고, 작은아들은 낭만주의자이다. 성격이 전혀 다른 만큼 나와 함께하는 방식도 각자 개성이 있어서 흥미롭다.

두 아이가 고등학교 1학년과 2학년이던 여름방학에 나 홀로 집을 나왔기 때문에, 다른 집의 모자관계와는 조금 다를지도 모른다. 하지만 두 아들이 고등학교를 졸업할 때까지는 근처에 살면서 매일 들러 식사와 빨래 등 뒷바라지를 해주었다. 날마다 만나면서도 함께 살지는 않는 희한한 관계 덕분인지,

아이들이 자연스럽게 자립할 수 있었던 듯하다.

내가 잔소리가 심한 엄마도 아니었지만, 아이들도 복잡한 가정환경 속에서 잘 자라주었다고 생각한다. 큰아들이 고등학생 때 탈색제를 사 오더니 금발 머리를 하고 싶다고 한 적이 있었다. 다른 집 엄마라면 하지 말라고 혼내겠지만, 나는 뭐든지 하고 싶은 나이구나 싶어서 "염색 얼룩이 생기면 볼품없으니까"라며 탈색을 도와주었다. 그러자 큰아들은 하고 싶은 것을 해봐서 그런지 학교로 등교하기 전날에 직접 검은 머리로 다시 염색했다.

그런 큰아들과 부끄러움이 많은 작은아들은 나와 연락하는 방법마저 다르다.

큰아들과는 메신저를 이용해 단문 메시지를 주고받는다. "오늘 집에 있어?" "있어"로 끝이다. 이런 안부 인사를 일주일이나 2주일에 한 번 한다. 큰아들은 가끔 우리 집에 와서 내가 직접 만든 요리를 먹고 대화를 나누다가 돌아간다. 평소에는 연락을 전혀 안 한다. 쿨한 건지 엄마를 끔찍이 아끼는 건지 모르겠지만, 큰아들 나름의 표현일 테다.

작은아들과는 당일치기 여행을 가거나 자전거를 타고 카페

큰아들과는 메신저를 이용하여 단답형 메시지를 주고받는다. 메신저를 하지 않는 작은아들은 아름다운 풍경 사진을 텍스트 없이 문자 메시지로 보낼 때도 있다. 달밤을 촬영한 영상을 받았을 때는 나도 베란다에서 찍은 사진을 답장으로 보냈다.

나 목욕탕을 여기저기 다닌다. 작은아들은 기획력이 좋아서 인터넷으로 찾아보고 자기가 가고 싶은 장소나 내가 좋아할 만한 카페나 가게에 데려간다. 작은아들은 연락할 때도 전화를 걸거나 이따금 핸드폰 메시지로 보낸다. 그것도 사진만 한 장 슬며시 보낸다.

작은아들은 무뚝뚝하지만 스스럼없는 친구 같은 관계다.

가끔 주변에서 "쇼콜라 씨는 남자 친구 없어요?"라고 물어보는데 지금은 없다.

40대에는 연하의 남자 친구가 생긴 적이 있었다. 사귀는 것은 즐거웠지만 나는 이미 결혼에 넌더리가 났던 터라 앞날을 알 수 없는 연애가 되어버렸고, 내가 먼저 헤어지자고 했다.

한 번 더, 50세가 막 넘었을 때도 연애를 했다. 서로 이혼한 경험이 있는 사람끼리의 연애였다. 언제나 그 사람 생각을 하고 정말 좋아했다. 일도 잘되고 있을 때여서 바쁜 와중에도 의욕이 생기고 행복했다. 하지만 나이 들어서 하는 연애는 감정만으로는 어찌할 수 없었다. 지금 생각해도 서글프다.

40, 50대에 경험한 연애로 눈물을 흘린 적도 있었지만, 떠오르는 추억은 즐거웠던 일뿐이다.

재혼은 생각한 적이 없다. 두 아들도 착하고, 친구들과 직장 동료들도 잘해주고, 정말 행복한 인생이지만 결혼 운이 나쁜 건지 결혼할 팔자가 아니었던 건지는 잘 모르겠다. 이 부분만 큼은 속수무책이다. 이젠 젊을 때부터 계속 좋아했던, 나이가 들며 점점 멋있어지는 배우를 정신없이 찾아보며 가슴 두근 거리는 것으로 만족한다.

상대방에 따라 교류 방법은 다르다.
적당한 거리감이 좋은 관계를 만든다.

자식들에게 부담이 되지 않게
만반의 준비를 한다

나는 혼자가 되고 나서 늘 '자식들에게 부담이 가지 않게 기대지 않겠다'고 생각해왔다.

아이들이 한창 감수성이 예민한 고등학생 때, 사정이 있다고는 해도 집을 나간 엄마가 '나이를 먹었으니 돌봐주었으면 한다'는 따위의 앓는 소리를 하고 싶지는 않았다. 그러기 위해서라도 일을 그만두지 말고 내 힘으로 살아가자고 다짐했다.

이제는 주택자금 대출도 다 갚았고, 얼마 안 되지만 파트타임 일로 매달 수입도 있다. 내 나름대로 노후자금도 준비해왔으니 앞으로는 평온한 연금 생활을 맞을 수 있을 듯하다.

그래도 언제 어디서 사고를 당할지도 모르고, 집에서 갑자기 쓰러질지도 모른다.

그럴 때 두 아들을 당황하게 하고 싶지는 않다. 그런 생각으로 아파트를 샀을 때 열쇠를 2개 준비하여 "내가 없을 때도 언제든 놀러 와도 돼. 냉장고에 있는 걸 먹어도 되고, 편하게 있으면 돼"라며 큰아들과 작은아들에게 하나씩 건넸다.

그리고 큰아들에게 먼저 부동산 권리증과 보험증서, 통장의 보관 장소, 비밀번호 등을 알려주고 "나한테 무슨 일이 생기면 친정에서 다니는 절 안쪽에 있는 묘지에 묻어주었으면 한다"고 말해두었다.

나중에는 작은아들에게도 마찬가지로 만일의 경우에 대비하여 각종 증서와 금융기관의 통장, 인감이 있는 장소를 알려주었다.

90대인 내 어머니는 돈 이야기를 하면 교양이 없다며 입에 담기를 꺼렸다.

언젠가 "엄마, 연금 얼마 받아요?"라고 물었을 때도 얼버무리면서 정확한 금액을 알려주지 않았을 정도다. 만약 어머니가 갑자기 돌아가신다면 우리 형제는 보험증서도 통장도 친정의 토지 권리증도 어디에 있는지 몰라서 어쩔 줄 모를 것이다.

그래서 돈 이야기는 상스러운 게 아니라고 어머니를 설득하여 장남인 내 남동생에게만 알려주기로 약속했다.

내 신변에 무슨 일이 있을 때는 두 아들이 서로 도와 뒤처리를 할 것이다.

언젠가 그런 때가 오면 되도록 자식들이 난처해하지 않게 철저히 준비할 생각이다.

만약의 경우를 대비하여 중요한 사항은
확실히 전해둔다.

고등학교 친구들과의 만남은
늘 편하고 즐겁다

고교 시절의 여자 친구 두 명은 40년 지기다. 함께 취직 준비를 하며 돈독해졌는데, 언제 만나도 이야기가 끊이지 않고, 서로를 그 시절의 별명으로 부르는 소중한 친구들이다. 아이들이 어릴 때는 아이들과 함께 모였고, 다 키워놓은 뒤에는 여행도 갔다. 한 달에 한 번 소풍 가는 기분으로 가마쿠라를 산책하거나, 카페에서 디저트를 먹거나, 맛집을 찾아가 식사를 한다. 오랜 관계는 스스럼없이 진심으로 함께할 수 있어서 정말즐겁다.

　오랜 친구들과의 정기적인 만남 외에도 가끔은 예전 직장의 동료나 그 동료의 친구도 만난다. 안면이 있고 어느 정도 개인사를 아는 느슨한 관계에 있는 사람들과 어울리는 것도 그 나름대로 즐겁다. 환경도 다르고 가치관도 다른 사람과 만나 이야기를 나누면 신선하다.

언젠가 앵두 따기 체험과 온천 여행에 초대를 받아 참석했더니, 동년배의 남녀가 엄청 많아서 어른들의 수학여행 같았다. 다음을 기약하며 헤어졌는데, 이런 여행도 앞으로의 인생을 풍성하게 해줄 듯하다.

얼마 전에는 다른 친구의 오랜 친구가 소유한 별장에 모두 모였다. 고등학교 때부터 알던 '남사친'이 정년퇴직을 하며 산 별장에서 다 함께 축하할 겸 동창회처럼 각자 음식을 가져와서 마시는 모임이었다. 나는 술을 잘 마시지 못해서 샴페인 한 잔으로 어울렸는데, 흥이 돋아 밤이 깊어가는 줄도 모른 채 즐겁게 시간을 보냈다. 밤늦게 전철을 타고 집으로 돌아오면서, 나는 젊은 시절로 돌아간 듯 살짝 두근두근했다.

오랜 친구와도, 새로운 지인과도
폭넓게 교류를 즐긴다.

유일무이하다고 생각한 절친과
멀어질 때도 있다

지금도 자주 만나는 고등학교 친구들과는 별개로 고등학교 때부터 절친이 있었다. 무엇이든 함께하고, 학교에서 돌아와서도 오랜 시간 통화하고, 여름방학에는 함께 여행을 가거나 서로의 집에 묵으며 아침까지 수다를 떨었다. 취직을 한 뒤에도, 결혼을 한 뒤에도, 아이들이 태어난 뒤에도, 별거를 한 뒤에도 친하게 지냈다.

하지만 조금씩 '뭔가 다르다'는 생각이 들었다. 함께 밥을 먹어도, 쇼핑을 해도, 인생관이나 가치관이 어긋나는 것을 느꼈다. 그 친구의 생활상이나 말 한마디 한마디가 조금씩 나와 맞지 않는다고 느꼈고, 대화를 나눈 뒤에는 지쳐버렸다.

그러는 동안 점점 사이가 소원해져서 만나지 않게 되었고, 지금은 1년에 몇 번, SNS로 안부를 묻는 정도다.

여자 친구들과의 관계는 학창 시절에 '유일무이한 친구'라고 믿어도, 어른이 되어 각자의 환경이 달라지면 계속 이어지는 우정도 있는가 하면 사라져버리는 우정도 있다.

친한 친구라도 마음이 멀어질 때도 있을 테니, 그럴 때는 흐름에 맡기고 신경 쓰지 않는다. 관계를 이어 나가기 위해 무리할 필요는 없다고 생각한다.

누구든 나이가 들고 환경이 달라지면 가치관도 변하는 법이다.

헤어짐이 있으면 새로운 만남도 있는 법이다. 나이가 들어서야 만나는 사람도 있을 테고, 연령대가 다른 사람과 어울리는 것도 즐겁다.

친구관계는 미니멀리즘까지는 아니어도 언제나 적당한 거리를 유지하며 무리하지 않고 사귀는 것이 바람직하다고 본다.

친구들과는 적당한 거리를 유지하며
무리하지 않는 관계를 이어 나가는 것이 좋다.

90세 어머니 앞에서는
오롯이 딸로 돌아갈 수 있다

친정에서 혼자 사시는 어머니는 90세가 된 지금도 다부지며
독립심도 호기심도 왕성하다. 남동생이나 가까이 사는 여동
생이 일주일에 한 번 차로 어머니를 모시고 장을 보러 가거나
식품 배송 서비스를 이용하지만, 식사 준비를 비롯한 집안일
일체를 혼자 하신다.

　나로서는 그런 어머니와 함께할 때는 딸로 되돌아갈 수 있
다. 코로나 여파로 요즘은 좀처럼 뵈러 갈 수 없어 애가 타지
만, 그만큼 자주 전화를 걸어 여러 이야기를 나눈다.

　우리 형제자매는 설이나 여름휴가 때 가족과 함께 모두 친

정에 모이는데, 아마도 어릴 때부터 어머니의 형제들이 모이는 모습을 보며 자연스럽게 그렇게 된 듯하다.

하지만 어머니가 80대 후반이 되면서, 명절에 가족이 모두 모이는 것이 기쁘기도 하면서 지치기도 하신 듯했다. 그래서 친정 근처에 있는 패밀리 레스토랑에 모여 식사를 하기로 했는데, 어머니가 "잠깐 집에 들렀다 가련?"이라고 말을 건네서서 결국에는 친정에 가서 차를 마시고 후식을 먹은 적도 있다.

내 두 아들도 엄마의 형제들이 다 함께 모이는 모습을 보고 자랐기 때문인지 '부모님 집에 놀러 가는 건 당연하다'고 여기게 된 듯하다. 언젠가 두 아들에게 새로운 가족이 생겼을 때, 다 함께 모일 수 있으면 좋을 것 같다.

언제든 마음을 기댈 수 있는
부모 형제와는 사이좋게 지낸다.

블로그를 시작하고
세계가 넓어졌다

2016년 크리스마스날 밤에 시작한 블로그는 원래 내 소소한 삶을 기록하기 위한 것이었다. 정규직으로 일할 때는 파워포인트로 회의나 연수 자료를 만들고 매출 보고서를 작성하며 나름대로 컴퓨터를 사용했지만, 파트타이머로 포목 도매상에서 일하게 된 뒤로는 팩스를 주로 사용하게 되었다. 이대로 컴퓨터와 멀어지면 키보드 사용법마저 까먹을지 모른다고 생각한 것도 블로그를 시작한 계기였다.

그런 느슨한 마음으로 시작했기 때문에 내 소소한 일상을 기록한 블로그를 과연 읽어주는 사람이 있을까 싶었다. 그런데 감사하게도 조금씩 방문자가 늘었고 조회 수도 늘어났다.

내가 블로그를 하면서 주의하는 점은 불평불만을 쓰지 않는 것이다. 누군가를 비난하거나 나쁘게 말하지 않는 것이다.

일상 속에서 되도록 '좋은 것'을 발견하고, 그것을 내 언어로 솔직하게 쓰려고 했다. '좋은 것'은 기록으로 남기면 더욱 커다란 '좋은 것'이 된다. 블로그명은 '60대 혼자 살기-소중히 하고 싶은 것'이라고 정했다. 혼자살이에 완전히 익숙해진 지금처럼 앞으로도 더 마음 편히 행복한 마음으로 살고 싶다, 나를 소중히 하고 싶다는 생각에서 붙였다. 글을 잘 쓸 자신이 없어서 사진을 올리고 설명을 곁들이는 식으로 시작했는데, 나중에는 문장이 술술 써졌다.

그렇게 블로그를 운영하는 사이에 "따뜻하네요", "도움이 됐어요", "저도 할 수 있을 것 같아요"라고 호의적인 댓글을 달아주는 사람들이 생겨났다.

블로그를 방문하는 사람을 실제로 만난 적은 없다. 그래도 댓글을 남겨준 분에게는 되도록 답장을 하여 온라인상의 소통을 즐기고 있다.

나는 책 읽기를 좋아해서 도서관에서 빌린 소설에 대한 감상을 블로그에 쓰는데, 책을 좋아하는 블로그 이웃분이 "그 작가라면 이 작품도 추천해요"라고 알려주기도 해서 몰랐던 세계가 펼쳐지기도 한다. 정말 감사한 일이다.

내가 천원숍의 편리한 상품을 소개하면 "이런 물건도 있어요"라고 댓글이 달려서 새로운 아이디어 상품을 접한 적도 있다.

소소한 일상을 올리는 것만으로도 이렇게 사람들과 관계를 맺을 수 있다는 점이 블로그를 계속하는 즐거움이기도 하다.

새로운 지식이 늘어나는 것이 SNS의 장점이다.

블로그에는 거의 매일 글을 올린다. 내 블로그
이웃들은 따뜻하며, 동년배인 분들이 댓글을
많이 단다.

싱글이 많은 분양 아파트에서
이웃과 허물없이 지낸다

46세에 계약해서 이듬해에 입주한 아파트는 올해로 지은 지 18년이 된다. 개성적인 구조의 디자이너스 아파트여서 입주자는 대부분 혼자 사는 여성이나 자식이 없는 부부들이다.

도시의 임대 아파트에 살면 이웃과 인사를 나눌 일이 적을지도 모르지만, 분양 아파트에는 이사회와 당번이 있어서 얼굴을 마주할 기회도 있고 어떤 사람이 살고 있는지 서로 안다.

내가 사는 층에는 세 가구가 있는데, 양쪽 이웃 모두 연배가 좀 있는 혼자 사는 여성이다. 서로 허물없이 지내기 때문에 무슨 일이 있을 때는 '띵동' 하고 초인종을 누를 수 있어서 마음이 든든하다.

엘리베이터 홀에서 마주치면 서서 10분 이상 이야기하면서도 동갑인 것만 알지 정작 이름은 모르는 사람도 있다. 언젠가 전철역에서 만났을 때 말을 걸려고 했지만 서로 이름을 몰라서 "아 저기, 이름이?"라고 콩트를 하듯이 주고받다가 둘 다 폭소한 적이 있었다.

의지할 수 있는 사람이 같은 건물에 있다고 생각하면서도 한편으로는 실제로 의지할 일은 없었으면 좋겠다 싶다.

이웃에 혼자 사는 동년배가 있다면 서로 이해하는 점이 많아서 좋다. "언제 느긋하게 차라도 해요"라고 이야기하기도 한다.

이럴 때 조금 무리해서 분양 아파트를 사길 잘했다 싶다.

이웃과도 스스럼없이 교류하며 지낸다.

한동네에서 오랫동안 살면
안정감이 크다

결혼하면서 지금 사는 동네에서 생활한 지 40년이 되었다. 별거했을 때 살던 집도, 지금 사는 분양 아파트도 이용하는 전철역이 같다.

감사하게도 아이들의 유치원과 초등학교 시절 친구의 엄마들을 비롯해 안면 있는 사람이 많다는 점이 정말 마음 든든하다.

역 앞에 있는 슈퍼마켓에서 아이들의 학부모회 때 함께했던 친구들을 딱 마주치면 "와, 오랜만이야. 잘 지냈어?"라고 인사할 수 있는 것도 줄곧 같은 지역에 사는 덕분이다. 아마 그 학부모회 친구들은 내가 이혼했다는 사실을 모를 수도 있고, 소문을 들었을지도 모른다. 그래도 육아로 힘겨워하던 시절의 나를 알아주는 사람이 근처에 있다고 생각하면 어쩐지 안심이 된다.

내가 사는 아파트와 가장 가까운 역 사이에는 옛 정취 그대로인 상점가가 있다. 갓 튀겨낸 크로켓을 파는 가게도 있고, 빵집도 있으며, 어느 인기 드라마의 무대가 된 적도 있어서 좀 기쁘기도 했다. 귀갓길에 걷는 것도 재미있고, 휴일에 상점가 뒷골목에 있는 카페에서 점심을 먹는 것도 즐거움 중 하나다. 40년을 살았어도 그동안 대부분 일에 매진했기 때문에, 아직 모르는 곳이 많다. 질리기는커녕 살면 살수록 매력이 더하다.

회사원 시절에는 주말에도 휴일에도 집으로 가져온 일에 쫓겨 파김치가 되어 잠들곤 했다. DVD나 겨우 볼 정도였고, 책을 읽을 여유는 없었다. 하지만 파트타임 일을 하면서부터 주말이나 밤에 느긋하게 독서를 할 수 있게 되었다. 지금은 2주일에 한 번 구립도서관에서 책을 네 권 빌리고, 다 읽으면 블로그에 감상을 올리고 있다.

무레 요코, 가키야 미우 등 동년배 여성 작가의 작품을 자주 읽었다. 요즘 마음에 드는 작가는 요시다 슈이치다. 진중한 작품부터 유머러스한 것까지 두루두루 재미있어서 차기작이 기다려진다. 늘 자전거를 타고 도서관에 가는데, 적당한 거리에 도서관이 있는 점도 이 동네의 장점 중 하나다.

이제껏 동네 주민회나 지역 모임에는 나간 적이 없었는데, 시간에 여유가 생기면 참여해보고 싶다.

우리 아파트의 외부 복도에서는 하천에서 하는 불꽃 축제에서 쏘아 올린 불꽃이 정말 아름답게 보인다. 이웃 사람들과 함께 불꽃놀이를 구경하는 것도 좋을 듯하다.

영업직으로 일한 경험 덕분인지 누군가와 이야기를 나누는 것이 참 즐겁다.

다른 사람에게 도움이 되고 싶은 마음은 회사원이든, 파트타이머든, 지역의 임원이든 마찬가지다. 연대의 고리를 넓혀서 다양한 사람과 사귀어 가고 싶다.

자신이 거주하는 지역에 대해 잘 알면
생활이 훨씬 즐거워진다.